FVA

Besnik Mustafaj

Kleine Saga aus dem Kerker

Roman

Aus dem Albanischen
von Joachim Röhm

Frankfurter Verlagsanstalt

Originaltitel: »Një sagë e vogël«
Tirana: Shtëpia botuese »ABRI« 1995

Deutsche Erstausgabe
Gefördert vom Literarischen Colloquium Berlin
mit Mitteln des Auswärtigen Amtes und der
Senatsverwaltung für Wissenschaft, Forschung und Kultur Berlin
1. Auflage 1997

Schutzumschlag- und Einbandgestaltung:
Bertsch & Holst, Frankfurt am Main
Herstellung: Katja Holst
Satz: Fotosatz Reinhard Amann, Aichstetten
Druck und Bindung: Clausen & Bosse, Leck
ISBN 3-627-00057-9

Ich schaute dem Tod ins Auge

Ich schaute dem Tod ins Auge,
so nahe war ich ihm.
Fragt mich nicht, was ich sah,
verlangt von mir kein Porträt!
Soviel nur: er war schrecklich,
romantisch war nichts an ihm.

Leben, du Geliebte, die nicht altert,
jede Nacht will ich mit dir schlafen,
und am Morgen wirst du mir Kinder gebären,
viele Kinder, die ich am Abend um mich schare,
um ihnen zu erzählen, wie die Trojaner
das hölzerne Pferd der Griechen verbrannten,
noch draußen vor der Stadt,
wie Odysseus starb, vor Verzweiflung
brüllend, schlimmer noch als Achilles,
dessen Tücke sie töteten.

Ihnen zu erzählen, wie man feierte,
sogar die Fische im Wasser, die wilden Ziegen im Wald,
als man sah, wie ich auf den ersten Schuß
die Bürokratie erwischte, ihr das Licht ausblies.

O Leben, Geliebte, die nicht altert,
nachts will ich mit dir schlafen,
und jeden Morgen wirst du mir Kinder gebären,
Kinder, die das Atom benutzen
um Häuser zu heizen, Kinder,
die Gefängnisse zu Museen machen
des Mittelalters, das Serum gegen AIDS entwickeln.

Ich schaute dem Tod ins Auge, und es war schrecklich.
So schrecklich, daß mir, dem Davongekommenen,
das Leben zu kurz erschien,
gefährlicher noch als zuvor schon
alle Demagogie, die verlogenen Kulte und Mythen,
die das Leben, das kurze, in Falschheit ersticken.

Ich heiße Bardhyl Tzatza. Aber eigentlich wurde ich immer nur Luli gerufen. Ich bin Omer Tzatzas Sohn. Mein Vater gehört nicht zu den bekannteren Persönlichkeiten. Im Gegenteil, er hat sogar um jeden Preis versucht, nicht aufzufallen. Wenn ich ihn hier überhaupt erwähne, dann nur, weil ich ihn für meine Geschichte brauche. Dabei mache ich mir zunutze, daß er schon tot ist und sich nicht mehr wehren kann.

Dagegen hat mein Großvater Oso Tzatza einen gewissen Ruf, besonders unter den älteren Leuten in der Gegend, aus der ich stamme. Von ihm wird noch zu reden sein.

Oso Tzatza war als besonders wagemutig bekannt, worauf mein Vater allerdings nie stolz gewesen ist. Ich konnte das als Kind nicht verstehen. Nimm deinen Verstand zusammen, hat mich mein Vater dann gescholten. Von ihm habe ich gelernt, solche Eigenschaften für besonders gefährlich zu halten. Das bringt dich nur ins Gefängnis, pflegte er zu sagen. Mein Vater hatte eine geradezu kreatürliche Angst vor dem Gefängnis. Das Gefängnis hat immer seinen Schatten auf unsere Familie geworfen, und besonders für uns, Omers Kinder, war es ein echtes Schreckgespenst, quälend und unbegreiflich. Von Vater haben wir niemals eine Erklärung dafür erhalten. Doch jeden Morgen schärfte er uns ein, vorsichtig zu sein. Wenn ihr ins Gefängnis kommt, mit meinem Besuch könnt ihr nicht rechnen, drohte er dauernd. Und er meinte es bitterernst. Dann seid ihr für mich gestorben. Natürlich habe ich mich gelegentlich nach dem Grund erkundigt. Ich möchte es nur gesagt haben, erwiderte er dann kurz angebunden. Male doch den Kindern den Teufel nicht an die Wand, protestierte Mutter.

Eine, man sollte sagen, fatale Fügung brachte mich mit Linda zusammen. Nicht, daß ich meine Wahl bereue. Auch wenn ich hundertmal heiratete, sie wäre doch immer meine Frau. Was ich mit fataler Fügung meine, ist, daß ich ausgerechnet einem Mädchen begegnet bin, in dessen Familie sich gleichfalls alles um das Gefängnis drehte. Mein Vater war bereits tot, so daß er unsere Verbindung nicht mehr verhindern, die Katastrophe nicht mehr abwenden konnte.

Lindas Mutter hieß Selvia und war Hyqmet Hidis Tochter, der sein ganzes Leben lang Gefängniswärter gewesen ist. Er ist der zweite, von dem zu reden sein wird.

Meine Verurteilung zeugt vom Scheitern all der heroischen Versuche beider Familien, einen Schlußstrich unter die Vergangenheit zu ziehen. Sie der Vergessenheit anheimzugeben. Kein Mensch hat sich über meine Verurteilung gewundert. So daß ich der dritte bin, von dem zu reden sein wird. Den Tzatza liegt das Gefängnis im Blut, hieß es bei denen, die sich in unserer Familie auskannten. Dann wärmten sie die alte Geschichte von meinem Großvater wieder auf. Bei Linda war das anders, immer schon. Alle bedauern sie. Die armen Frauen, heißt es. Es ist ihnen beiden nicht erspart geblieben, der Tochter sowenig wie der Mutter! Das Gefängnis ist ihr Fluch.

ERSTES BUCH

I

Nicht bloß, weil es das Erzählen erleichtert, sondern auch, weil ich mich nicht besonders zu ihm hingezogen gefühlt habe, werde ich von meinem Vater mit seinem Namen sprechen: Omer Tzatza.

Ich habe bereits erwähnt, daß es mir, Bardhyl Tzatza oder kurz Luli, von meinem Erzeuger, also Omer Tzatza, verboten worden war, das Wort Gefängnis in den Mund zu nehmen oder auch nur daran zu denken. Ich durfte noch nicht einmal hinhören, wenn andere davon sprachen. Das geht dich nichts an, hat mir Omer Tzatza wohl hundertmal erklärt, blankes Entsetzen in den Augen. Wenn ich mich nicht überhaupt aus dem Gespräch zu verabschieden hatte, mußte ich weghören. Omer Tzatza, da bin ich mir sicher, hat nie befürchtet, daß ich zum Verbrecher werden könnte, zum Dieb oder Mörder. Sorge machte ihm die Politik. Darauf durfte ich mich auf keinen Fall einlassen. Der Staat sollte mich als treuen Diener kennenlernen, der pünktlich seinen Pflichten nachkommt, ohne je Fragen zu stellen.

Erst spät erfuhr ich, daß diese absonderliche Regel, die Omer Tzatza allen Mitgliedern seiner Familie auferlegte, vor allem aber uns Kindern, von einem tiefen, in seinen Folgen nicht mehr zu reparierenden Schock herrührte, den er im Alter von zwölf Jahren erlitten hatte.

Damals begegnete er zum ersten und einzigen Mal seinem eigenen Vater.

Ich sagte bereits, daß Omer Tzatza der Sohn von Oso Tzatza war. Bis zu diesem Tag war der Vater für Omer Tzatza nur jemand, der ihm nachts in heiteren Träumen erschien, aber durchaus auch am Tag oder abends. Immer, wenn er allein war. In Omer Tzatzas Träumen war der Vater der stärkste Mann der Welt. Gar nicht zu vergleichen mit den anderen Männern, die jeden Tag die Dorfstraßen bevölkerten. Oso Tzatza wurde allein mit seinem Schwert (es glich dem Schwert Skanderbegs) leicht mit einem ganzen Haufen von Feinden fertig. Wenn er die schmale Dorfstraße hinabschritt, war sein Gang anders als bei anderen Menschen. Die Straße, die sich entlang des Flusses Toka e Mbytur durch die winzigen Äcker der armen Bauern wand, um dann im weiten Kastanienwald zu verschwinden. Oso Tzatza schwang sich von Gipfel zu Gipfel, und die Erde bebte, und der Himmel dröhnte, sooft er seine Schritte setzte. Er mühte sich nicht stundenlang mit der Axt in der Hand ab, um eine Eiche zu fällen und zu zerspalten für eine Fuhre Holz. Er packte den Eichenstamm mit beiden Händen und riß ihn mit den Wurzeln aus wie ein Gänseblümchen. Dann brach er ihn in Stücke für den Herd, so wie er selbst abends Reisig brach, wenn die Mutter ihn das Feuer anzufachen hieß, damit die Bohnen für das Abendessen ordentlich im Kessel brodelten.

Mit Oso Tzatza im Dorf wären die Gendarmen nicht so auf den Straßen herumstolziert.

Schon als kleiner Junge litt Omer Tzatza sehr darunter,

daß er nicht wie die anderen Kinder einen Vater zu Hause hatte. Es war ihm peinlich, wenn seine Freunde über ihre Väter redeten.

»Warum habe ich nicht auch einen Vater?« fragte er eines Tages seine Mutter.

»Aber natürlich hast du einen, mein Sohn!« antwortete sie, und ihre Augen wurden traurig. Sie wandte das Gesicht zur Seite und wischte sich mit dem weißen Kopftuch die Tränen ab. Der Junge sollte sie nicht sehen.

Omer Tzatza gab sich mit der Antwort nicht zufrieden.

»Und wo steckt er dann? Warum habe ich ihn noch nie gesehen?«

»Das hast du, mein Schatz, du kannst dich nur nicht daran erinnern. Du warst damals noch zu klein ...«

Wieder wischte sich die Mutter die Tränen ab.

»Und wo ist er jetzt, ist er tot?« bedrängte sie der kleine Omer Tzatza weiter.

»Nein«, sagte sie, »er ist nicht tot. Er lebt, und er ist stark. Sehr stark.« Dann schwieg sie und ließ die Tränen sprechen.

Omer Tzatza sah sie unverwandt an.

Sie rang mit sich. Dem unbarmherzigen Blick des Jungen war schwer standzuhalten.

Schließlich ließ sie sich erweichen.

Und erzählte ihm, sein Vater sei im Gefängnis.

Omer Tzatza hörte das Wort zum ersten Male. Er verstand nicht.

»Im Gefängnis?! Was heißt das, Gefängnis?«

Die Mutter strich ihm über die kurzen Stoppeln auf seinem Kopf.

»Das Gefängnis ist etwas, das du nie kennenlernen sollst!« antwortete sie traurig.

Omer Tzatza begriff nur, daß das Gefängnis etwas sehr Schlimmes sein mußte. Und in diesem sehr Schlimmen befand sich schon seit vielen Jahren sein Vater. Weshalb nur? Seine Neugier war entfacht. Er warf der Mutter einen flehentlichen Blick zu: Sie sollte ihm klar und deutlich sagen, was los war. Doch sie schwieg. Ihr Unbehagen war ihr deutlich anzusehen.

»Wo ist das Gefängnis?«

»In der Stadt«, rang sie sich eine Antwort ab.

Omer Tzatza war noch nie in der Stadt gewesen. Also konnte er sich auch nicht vorstellen, was ein Gefängnis war. Die Mutter sollte es ihm erklären.

»Was ist das?«

»Was?« Die Mutter verstand nicht, was er meinte, oder sie tat wenigstens so. Man merkte, wie unwohl sie sich in ihrer Haut fühlte. Aber enttäuschen wollte sie ihn auch nicht. So suchte sie nach einer passenden Antwort.

»Also, was ist das, ein Gefängnis?«

»Du bist noch zu klein, mein Liebling, das verstehst du noch nicht. Du wirst es schon noch rechtzeitig erfahren. Wenn du größer bist.«

Omer Tzatza gab sich nicht damit zufrieden. Er verzog den Mund. Notgedrungen fuhr die Mutter fort:

»Das Gefängnis ist ein dunkler Ort mit dicken Mauern

rundherum. Dein Vater und andere Männer sind darin Tag und Nacht eingesperrt. Und sie müssen schwere Ketten tragen.«

»Warum? Sind sie denn anders als die anderen Leute?« wurde der Junge neugierig.

»Ja, das sind sie. Ganz anders.«

»Wie anders, schlechter?«

»Warum mußt du gleich an etwas Schlechtes denken?«

»Aber man hat sie doch einsperrt ...« Omer Tzatza schämte sich.

»Schlecht sind sie nicht. Im Gegenteil.« Sie hatte einen Kloß im Hals.

»Wo ist dann der Unterschied?«

»Sie sind kühner als die anderen. Tollkühn«, antwortete sie kurz.

Omer Tzatza merkte, daß sie das Gespräch unter allen Umständen beenden wollte. Aber er ließ nicht locker.

»Wer hat Vater dort hingebracht?«

»Die Gendarmen, mein Schatz, die Regierung des Königs.«

»Und weshalb, was hat er den Gendarmen getan? Was hat er dem König getan?«

Die Mutter erbebte, als fahre ein eisiger Windstoß durch sie hindurch. Mit ihren tief in den Höhlen liegenden Augen sah sie den Jungen an und berichtete, daß er noch keine zwei Jahre alt gewesen war, als der Vater Streit mit dem Staat bekommen hatte.

Omer Tzatza zuckte die Schultern. Die Mutter redete

dummes Zeug. Wie kann man mit dem Staat Streit bekommen? Menschen bekommen Streit mit anderen Menschen. Aber mit dem Staat …

Ein Lächeln spielte kurz um den Mund der Mutter.

»Das gibt es schon, man streitet sich mit ihm«, sagte sie.

»Wie denn?«

»Man streitet mit den Menschen vom Staat.«

»Wer sind die Menschen vom Staat?«

»Zum Beispiel die Gendarmen.«

»Ach … dann hat Vater also Streit mit den Gendarmen gehabt.«

»Ja.«

»Wie ist das denn passiert?«

»Frag nicht soviel, mein Schatz. Du wirst es noch früh genug erfahren.«

»Ich will es aber jetzt wissen!«

»Dein Vater hat auf den König geschimpft. Die Gendarmen haben ihn dafür verprügelt.«

Omer Tzatza wollte mehr wissen. Warum hatte sein Vater auf den König geschimpft?

»Und was war dann?«

»Dann?! Dein Vater wartete auf die passende Gelegenheit, dann brachte er den obersten Gendarmen im Distrikt um. Der ihn mit Füßen getreten und dabei gelacht hatte.«

»Er hat ihn umgebracht?!« Das Kind sperrte die Augen auf. Gendarmen waren doch unantastbar. Und zwar nicht nur für ihn. Omer Tzatza hatte festgestellt, daß die Bauern Leuten in Uniform lieber aus dem Weg gingen.

»Hatte er denn keine Angst?«

»Dein Vater kennt keine Angst.«

Omer Tzatza spürte, wie Stolz auf seinen Vater in ihm aufstieg. Er hatte ihn noch nie gesehen, aber das änderte nichts. Oso Tzatza war sein Vater. Und nur seiner.

»Hat er nie Angst gehabt, Vater?«

Darauf schwieg sie lieber. Was ihr Sohn da an den Tag legte, war mehr als nur kindliche Neugier.

II

Von diesem Tag an spielte der Vater in Omer Tzatzas Gedanken eine immer wichtigere Rolle. Er konnte ihn sich nicht als Menschen aus Fleisch und Blut vorstellen. Das lag nicht so sehr daran, daß er ihn nie zu Gesicht bekommen hatte. Da war noch ein anderer, stärkerer Grund. Es gab ein Lied über Oso Tzatza. Es wurde nur heimlich gesungen, damit die Gendarmen es nicht hörten. Aber es wurde gesungen. Man wußte von keinem anderen als Oso Tzatza, der schon zu seinen Lebzeiten besungen wurde. Das Lied verschaffte ihm einen ganz besonderen Ruf. Sicher, man sang auch über den König. Aber eben anders. Von Oso Tzatza tat man kund, daß er das Herz eines Drachen hatte. Auch wurden seine Taten geschildert, aber denen schenkte Omer Tzatza keine allzugroße Beachtung. Wichtig war das Drachenherz, das in des Vaters Brust schlug. Wer ein solches Herz hatte, dem mußte alles gelingen. Omer Tzatza war fest davon überzeugt, daß alles, was er in den Heldenliedern von Muji und Halili gehört hatte, gewiß auch für seinen Vater galt oder noch gelten würde. Besonders jene Episode hatte es Omer Tzatza angetan, in der davon berichtet wurde, wie Muji in der Burg des Krajl eingekerkert wurde.

»Was ist ein Krajl?« erkundigte er sich bei der Mutter.

»Krajl nennt man den König in der Sprache der Serben«, erklärte sie.

Sein Vater, daran bestand für Omer Tzatza gar kein Zweifel, hatte dem König, der in der fernen Stadt in seinem schimmernden, von bunten Blumengärten und Bäumen mit süßem Obst umgebenen Palast saß, das Zittern beigebracht. Sein Vater war ein Held. Wie Muji hatte auch Oso Tzatza den Feen einen unschätzbaren Dienst geleistet. Ihnen wahrscheinlich das Leben gerettet. So hatten sie ihn zum Dank vor die Wahl zwischen Kraft und Klugheit gestellt. Natürlich hatte er sich für die Kraft entschieden. Die Feen hatten ihn am Euter einer wilden Ziege trinken lassen. Freudig erkannte Omer Tzatza, daß dann auch durch seine, des Heldensohnes Adern göttliches Blut fließen mußte. Bestimmt werde ich noch berühmt! dachte er.

»Wie alt muß man denn sein, damit man ins Gefängnis kommen kann?« fragte er nicht ohne Stolz die Mutter.

»Um Gottes Willen! Daß dir und mir das erspart bleibt! Und deinem Vater! Du bist alles, was ich noch habe.« Sie war furchtbar erschrocken.

Omer Tzatza war die Antwort seiner Mutter völlig unbegreiflich. Wollte sie denn keinen berühmten Sohn? Wollte sie, daß er ein einfacher Hirte blieb? Das konnte doch nicht der Wunsch einer Mutter sein. Schon gar nicht der eigenen. Doch Omer Tzatza behielt seine Mißbilligung lieber für sich. Schließlich hatte er sich geschworen, seine Mutter nie traurig zu machen.

Einmal erlaubte sich Omer Tzatza dann aber doch einen Gedanken, der ihr bestimmt nicht gefallen hätte, so daß er die dumme Idee gleich wieder verjagte wie eine giftige Wespe, die einem um die Ohren summt: Wieso sprengte sein Vater nicht einfach die dicken Ketten an seinen Händen und Füßen und brach durch die hohen Mauern um ihn herum, so wie der Held Muji? Omer Tzatza brauchte nicht lange, um eine Entschuldigung für seinen Vater zu finden. Schließlich lagen Mujis und Halilis Taten weit zurück, damals waren die Gefängnismauern und die eisernen Ketten bestimmt noch viel dünner gewesen als heute. An Oso Tzatzas Körperkräften jedenfalls konnte es nicht liegen. Er mochte in Ketten im tiefsten Keller des Schlosses sitzen, trotzdem blieb Oso Tzatza für ihn der Mann mit dem Drachenherzen.

Als er dann größer wurde, kamen Omer Tzatza noch mehr Einzelheiten über das Leben seines Vaters zu Ohren, und es war wundersamerweise so, als drängen sie in eine Zauberhöhle: sie veränderten sich sogleich, gewannen unentwegt an Größe, bis sie den Märchen und Legenden zu gleichen begannen. So war der Vater zu seinem einzigen Traum geworden. Und dies war, wie ich bereits sagte, ein wunderbarer Traum, ein Traum, der ihn die Frage für etwas total Verrücktes halten ließ, die ihm immer wieder gestellt wurde, meistens von irgendeiner Frau mit trüber Miene:

»Bist du traurig wegen deines Vaters?«

Omer Tzatza antwortete nicht. Haben diese Leute denn noch ihren Verstand beisammen? fragte er sich empört. Wieso sollte ich denn traurig sein? Das müssen alle, die keinen solchen Vater haben. Nicht ich.

Noch unangebrachter erschien dem Jungen eine andere Bemerkung:

»Das arme Kind! Es wächst als Waise auf, obwohl der Vater lebt!«

Omer Tzatzas Empfindungen verwirrten sich immer schlimmer, je älter er wurde. Einerseits umgab ihn das Echo des väterlichen Ruhms. Und andererseits stieß er ständig auf die Anteilnahme der Bekannten an seinem Waisendasein. Er wuchs auf ohne die Gegenwart und Fürsorge des Vaters. Die beiden Empfindungen brachte er einfach nicht zusammen. Vor allem das Mitgefühl konnte er nicht ertragen.

Allmählich umhüllte ihn der väterliche Ruhm wie ein Schatten, der überall an ihm klebte. Er prägte sein Heranwachsen mehr als die Zeit. Er machte seine Züge merklich männlicher und bewirkte, daß er sich allmählich immer mehr und schließlich ganz aus dem Kreis der Altersgenossen entfernte. Rückte ihn unter die Großen, hinein in ihre angespannten Beratungen. Er nahm Platz am flachen Tisch der weißbärtigen Greise, die wenig sprachen, aber, wo es nötig war, ihr Wort wie ein Schwert einrammten, unverrückbar. Er war gezwungen, gut zu überlegen, ehe er den Mund aufmachte. Nur eines lehrte ihn dieses neue Leben nicht: Zweifel. Eben dieser Mangel sollte Ursache werden für seine Tragödie.

Erstmals geschah es ihm, daß er aus dem Kreis der gleichaltrigen Spielkameraden herausgerissen wurde, als er zehn Jahre alt war. Einer der einflußreichsten Männer des Dorfes, Kurt Dreni, verheiratete seinen ältesten Sohn und schickte sich an, eine große Hochzeit auszurichten. Ein paar Tage davor erreichte Omer Tzatzas Haus die Nachricht, daß Mutter und Sohn schon für den Donnerstag zu den Dreni geladen seien. Am Donnerstag begann die Hochzeit, und aus allen Teilen des Hochlands begannen sich die Gäste einzufinden.

Die Mutter begab sich, wie es Brauch war, ins Frauengelaß. Omer ließ man nicht mit seinen Freunden auf dem Hof herumtollen. Eine neue, bis dahin unbekannte Freude ließ das Gesicht der Mutter erglänzen, als sie feststellte, daß man den Sohn in das Männergelaß geleitete. Omer Tzatza konnte sich die Freude der Mutter nicht erklären. Allerdings fühlte er, daß ihm etwas ganz besonders Gutes widerfuhr, was seinen Verdruß darüber, von den anderen Kindern getrennt zu werden, etwas milderte.

Ehe sie ihn der Obhut von Kurt Drenis Bruder anvertraute, zog ihn seine Mutter ein Stück abseits und erklärte ihm mit bebender Stimme, wie er den Hausherrn zur Hochzeit zu beglückwünschen hatte. Rasch hieß sie ihn, den Männern nicht dazwischenzureden, nur zu antworten, wenn man ihn fragte, und im übrigen aufmerksam ihren klugen Gesprächen zu lauschen. In ihren Augen war ein feuchter Schimmer. Omer Tzatza sollte dieses Glitzern, als sie ihm über den Kopf strich, nie vergessen. Offenbar war sie auf die Ehre, die ihrem Sohn zuteil wurde, genauso wenig vorbereitet. Omer Tzatza begriff ohne Schwierigkeit, was seine Aufgabe war.

»Willkommen, Omer Tzatza, Oso Tzatzas Sohn! Mit Ehre sei's dir vergolten, daß du unsere Hochzeit beehrst!« wandte sich Kurt Dreni an ihn.

Omer Tzatza sah wie durch einen Nebelschleier den mächtigen Leib des Alten auf sich zukommen, damit er ihm die Hand schüttelte. Zugleich erhoben sich auch die anderen Männer, die sich im Raum befanden.

»Dir Ehre auf immer und deinem Sohn einen Erben!« gab Omer Tzatza sogleich zurück, wie es ihm die Mutter gesagt hatte. Seine Wangen glühten. Er spürte die Blicke der einflußreichsten Männer im Hochland auf sich ruhen, die meisten davon sah er zum ersten Mal.

Kurt Dreni umschloß Omer Tzatzas kleine Hand mit seiner eigenen großen Handfläche, deren Haut grob und rauh war wie Gewirk aus Ziegenwolle. Er zog ihn sanft zu sich heran, beugte sich voll Ernst zu ihm hinab zum Wangenkuß mit dem Jungen, so wie sich Männer begegnen. Für einen Augenblick hielt er ihn so an die Brust gepreßt, und Omer Tzatza hörte das Herz des alten Mannes langsam und schwer pochen, als schlage von drinnen jemand mit der stumpfen Seite einer Axt gegen den Käfig der Rippen.

Freigelassen aus der Umarmung, verblieb Omer Tzatza in gräßlicher Ungewißheit: was sollte er tun? Sollte er auf die anderen zutreten, die im Stehen verharrten? Sie erwarteten etwas. Und zwar von ihm. Aber was? Omer Tzatza hatte sich noch nie von einer solchen Masse von Männern beobachtet gefühlt. Er spürte, wie er röter und röter wurde. Stirn, Wangen und das kleine Grübchen im Kinn wurden feucht von Schweiß.

Es war Kurt Dreni, der ihn aus seiner Verwirrung erlöste:

»Geh, begrüße die Männer, Omer! Alle haben den Wunsch, Oso Tzatzas Sohn kennenzulernen!«

Omer Tzatza gehorchte dankbar. Dann machten ihm die Anwesenden einen Platz vor der Feuerstelle frei, wie er den Geehrtesten unter den Gästen gebührt. Der Junge zauderte, doch sie nötigten ihn. Die ganze Zeit befand sich Omer Tzatza in größter Beklemmnis. Schnell schliefen ihm die gekreuzten Beine ein. Er wußte nicht, wohin mit den Händen. Ihm war zum Weinen vor Zorn auf sich selbst. Er bemühte sich, bis zum Ende wenigstens den Rat der Mutter zu befolgen: nur zu antworten, wenn man ihn fragte, und dies möglichst knapp. Und außerdem aufmerksam ihre Gespräche zu verfolgen und bestrebt zu sein, möglichst viel davon zu verstehen. Diese völlige Konzentration, an die er nicht gewöhnt war, erschöpfte ihn vollends.

An diesem Abend vollzog sich an Omer Tzatza eine erstaunliche Veränderung: der Sinn stand ihm nicht mehr nach den Wettrennen mit den Pferden auf der Wiese, nicht danach, den Hasen und Füchsen Fallen zu stellen, und auch nicht nach den heißen Schlachten mit Hähnen und Hammeln in der abendlichen Dämmerung auf dem lindenbestandenen Dorfplatz, wenn das Vieh von der Weide zurückkehrte.

In seinem Kopf erklang wie in einer tiefen Höhle das vielfache Echo der Fragen und Antworten, der Berichte, ja auch der freundschaftlichen Scherze und Spötteleien wider, wie sie die Männer im Hochland austauschen, ohne jemals flach zu werden. Nie redet man nur um des Redens willen. Bei solchen Versammlungen im Hochland gilt ein ehernes Gesetz: man beurteilt den Menschen weder nach Alter noch nach Reichtum. Ebenbürtigkeit oder Vorrang entscheiden sich nach Klugheit und Tapferkeit. Mit Omer Tzatza wurde an diesem Abend eine Ausnahme gemacht. Sein Mangel an Erfahrung wurde berücksichtigt. Alle zeigten sich mild und zurückhaltend. Man zwang ihn nicht, an ihren Gesprächen teilzunehmen.

Nur einmal, gleich zu Anfang, wandte sich ein Alter an ihn:

»Omer Tzatza, Oso Tzatzas Sohn, höre auf das, was ich dir zu sagen habe, und vergiß es nie: deinem Vater verdankst du einen ehrlichen Namen. Er hat gemacht, daß alle Welt sagt: ›Omer ist der Sohn eines guten Vaters.‹ Nun ist es an dir, deines Vaters Namen Ehre zu machen. Die Welt soll sagen: ›Oso Tzatza ist der Vater eines guten Sohns.‹« Es war keiner der Greise aus dem Dorf. Er war von weit hergekommen.

Omer Tzatza war sich unschlüssig. Verlangte eine solche Rede nach einer Antwort? Er lächelte unbestimmt.

Bei ihm war Kurt Dreni, sein Beschützer.

»Omer ist heute der Erste unter meinen Gästen.«

Dies war gleichsam ein Befehl des Hausherrn, den jungen Besucher in Ruhe zu lassen.

Später verstand Omer Tzatza, was der Rat des alten Mannes im Kern zu besagen hatte. Auch Kurt Drenis Worte erklärte ihm seine Mutter ganz genau, als sie dann nach Mitternacht auf dem Heimweg waren. Man ehrte Oso Tzatza dadurch, daß man seinen Sohn bevorzugt behandelte.

Für Omer Tzatza war dies eine Verantwortung, die ihn sein Leben lang verfolgte. Wirklich kam Oso Tzatzas Name in den Gesprächen der Männer häufig vor. Man rühmte seine Tapferkeit und Klugheit.

Am folgenden und am übernächsten Abend fühlte sich Omer Tzatza ruhiger und sicherer. Das lange Sitzen mit gekreuzten Beinen machte ihn nicht mehr so steif. Die Hände fanden leichter ihren Platz. Und am Gespräch nahm er natürlicher, ja fast ganz normal teil. Das reichte bis dahin, daß er mutig um Wasser bat, wenn er Durst hatte.

Der Sonntag brachte eine neue Überraschung. Omer Tzatza sollte den Zug der Hochzeitsgäste anführen, der sich auf den Weg machte, um die Braut abzuholen. Und sogar das Banner tragen. Man hatte dem Jungen das schönste Pferd ausgesucht, einen stattlichen Braunen, dessen Temperament nur durch strammes Zaumzeug zu bremsen war. Die Mutter war erneut hocherfreut. Für sie war es ein besonderer Augenblick. Unauffällig reichte sie ihm einen Revolver, eine schöne Waffe mit versilberten Griffschalen.

»Nimm!« sagte sie leise, aber bestimmt. »Wer weiß, wozu es kommt. Der Bannerträger hat als erster die Fahne zu beschützen.«

»Wo hast du den her?« Omer Tzatza war verwirrt.

»Er gehört deinem Vater. Ich habe ihn für dich aufbewahrt.«

»Für mich?«

Die Mutter nickte. Ein Hauch von großer Dame lag auf ihr.

III

Omer Tzatza begegnete seinem Vater fast zwei Jahre nach der Hochzeit von Kurt Drenis Sohn.

Vor allem im jungen Alter sind zwei Jahre viel für einen Menschen. Es war ein Zeitraum, der Omer Tzatza reichte, um zu entdecken, daß Oso Tzatza nicht einfach sein Vater war. Auf eine Weise, die er sich nicht recht erklären konnte, gehörte er dem ganzen Dorf, der ganzen Gegend. Omer Tzatza war sein Sohn. Ob er es wollte oder nicht, sein Verhältnis zum Vater komplizierte sich.

Omer Tzatza vermochte das Bild von seinem Vater nicht auf den Boden herabzuholen. Auch wenn ihn Oso Tzatzas Bewunderer in die Reihen der Männer aufgenommen hatten, er war doch nur ein zehn oder zwölf Jahre alter Junge.

In ihm wucherten in jener Zeit allerlei verborgene Erwartungen und Wünsche. Nur eine Frage vergaß er sich bis zuletzt zu stellen. Und dies war eine höchst wichtige Frage: Würde er einmal selbst vor dem Vater stehen, ihm männlich die Hand drücken, um dann als gehorsamer Sohn den Kopf an seine mächtige Brust zu legen und auf das Pochen seines Drachenherzens zu lauschen? Ein Herz, das keine Furcht kannte, mußte anders schlagen.

Solche Gedanken kamen Omer Tzatza in jener trunkenen Zeit nicht einmal in den Sinn. Im Gegenteil. Gerade seine Vorstellungen hielten ihn instinktiv davon ab, den Mann, der sein Vater war, in der Wirklichkeit zu suchen.

Die Mutter rief schon vom Hof aus:

»Omer!«

Ihre Stimme klang freudig erregt. Es war Mittag.

Sie wartete nicht auf die Antwort.

»Komm heraus! Ich habe eine große Neuigkeit.«

Keinerlei Vorahnung ließ Omer Tzatza an den Vater denken. Was ihm durch den Kopf ging, waren nur zweitrangige Dinge. Der Aufforderung seiner Mutter folgte er ohne jede Neugier.

»Willst du mich nicht fragen, was es ist?«

Omer Tzatza zog ein wenig schuldbewußt die Schultern hoch. Die Beharrlichkeit der Mutter hatte eine plötzliche, unerklärliche Erstarrung bei ihm ausgelöst.

»Morgen müssen wir schon früh in der Stadt sein.«

»Gut«, willigte er ein, so wie er sich jedem mütterlichen Befehl unterwarf.

»Willst du mich nicht fragen, warum?«

Der Junge wachte ein wenig auf.

»Warum?«

»Wir werden uns mit deinem Vater treffen.«

Die Mutter atmete schwer, und ihre Worte kamen abgehackt.

Ein kurzes Schweigen trat ein.

»Freust du dich nicht?«

»Doch«, antwortete Omer Tzatza mechanisch.

Sie selbst war sichtlich erfreut. Und sehr ergriffen. Aus den strahlenden Augen strömten ihr die Tränen und sammelten sich am Kinn. Sie hob nicht die Hand, um sie abzuwischen. Noch nie hatte Omer Tzatza seine Mutter so aufgeregt erlebt. Er wußte nicht, wie er sich verhalten sollte.

Zu seinem Erstaunen ging nichts von der Freude seiner Mutter auf ihn über. Nur ihre Ergriffenheit. Die ganze Betroffenheit. Vielleicht sogar um ein Vielfaches verstärkt. Alles an Omer Tzatza verkrampfte sich plötzlich, und er stand ihr wie erstarrt gegenüber. Er spürte, wie seine Unterlippe zu zittern begann, und die Worte blieben ihm im Halse stecken, so daß er fast an ihnen erstickte. Eine Weile lang gab er keinen Ton von sich. Auch die Mutter sprach nicht. Blickte nur den Sohn an. Aus zwei geweiteten Augen, die weiterhin große Freude und Bäche von Tränen zugleich verströmten, an seltene Sommertage erinnernd, an denen, ohne daß der Himmel verhüllt wäre, feiner Regen auf die Erde sprüht, einen Regenbogen hervorbringend.

»Zu Vater?! Welchem Vater?« ließ sich Omer Tzatza schließlich mit brüchiger Stimme vernehmen.

Er war noch nicht imstande, zu denken.

Die Mutter mischte sich ein wenig verärgert die Tränen ab. Sie waren ja schuld an der Verwirrung des Sohnes.

»Komm, laß uns hineingehen!« sagte sie. »Wir müssen uns gleich fertig machen.«

»Fertig machen?! Weshalb?«

»Wir müssen uns schon heute auf den Weg machen.«

»Ich komme nicht mit«, rief der Junge. Er faßte sich etwas. An Stelle der Verwirrung trat verschwommen eine bisher unbekannte Angst.

»Willst du nicht deinem Vater begegnen, den du noch gar nicht kennst?«

»Ich kenne ihn doch! Warum denn nicht?! Sehr gut kenne ich ihn.«

»Umso besser. Und möchtest du ihn nicht sehen?«

»Ich möchte ihn sehen. Sogar sehr.«

»Und wie soll das gehen, wenn du nicht mitkommst?«

»Weiß ich auch nicht.«

»Dein Vater hat große Sehnsucht nach dir. Sie verbrennt ihn noch ganz«, sagte die Mutter.

»Woher willst du das wissen?«

»Ich weiß es. Er erwartet dich ungeduldig.«

»Hast du ihn denn besucht? Hat er es dir gesagt?«

»Natürlich! Ich besuche ihn jede Nacht.«

Ihr Stimme klang traurig, sehr traurig. Aber es war eine ganz andere Traurigkeit als jene, die oft am Abend von ihr

Besitz ergriff, wenn sie beide allein zusammen am Feuer saßen. Nun sprach aus ihr nicht nur tiefster Seelenschmerz, sondern auch heftiger Zorn.

Auf wen war die Mutter nur so wütend?

Omer Tzatza verkniff sich die Frage. Er hatte Angst, sie werde ihn tadeln für das, was ihm dummerweise herausgerutscht war. Die Mutter hatte guten Grund, ihn zu tadeln. Und zu schimpfen. Omer Tzatza schämte sich. Er hatte doch wirklich gefragt, welchen Vater sie besuchen würden. Wie viele Väter hatte er denn, daß er zwischen ihnen unterscheiden mußte?

Omer Tzatza trottete mit gesenktem Kopf und stumm hinter der Mutter her, unfähig in diesem Moment, an irgend etwas zu denken.

IV

Als sie sich dann auf den Weg machten, fiel Omer Tzatza ein, daß es ja auch das erste Mal war, daß er überhaupt in die Stadt ging. Er kannte die Stadt überhaupt nur aus Märchen, aus den Gesängen von Muji und Halili und aus der Geschichte seines Vaters. Das heißt, er wußte, daß in der Stadt der große Palast ist, in dem der König wohnt, und das finstere Gefängnis, in dem der König seine Feinde einsperrt. Sonst wußte Omer Tzatza fast nichts von der Stadt. Seltsam, sowohl die Märchenerzähler als auch die Helden waren gleichermaßen allein vom königlichen Luxus und Zorn angezogen worden.

Die Mutter ging voraus, mit schnellen Schritten und ohne zu reden. Sie trug zwei ziemlich große Beutel mit Kleidern zum Wechseln und Essen für den Vater. Das Gewicht schien sie nicht zu spüren. Der Sohn folgte ihr auf dem schmalen Saumpfad, auf dem selbst Pferde nur mit Mühe durchkamen, wenn sie beladen waren. Die Wacholdersträucher am Wegesrand waren zerzaust.

Das Schweigen weckte in Omer Tzatza den Wunsch, zu erfahren, wie die Stadt wohl sein würde, in die sie bald kamen. Die Mutter konnte er nicht fragen. Sie unterhielt sich unterwegs nicht gern. Omer Tzatza fing an, sich auszumalen, was ihn erwartete.

Zuerst entstand natürlich der Königspalast vor seinen Augen.

Der Palast hatte hohe Mauern. So hoch, daß einem die Qeleshe* herunterfiel, wenn man den Blick zum Dach hinaufwandte. Die Mauern waren weiß, gleichsam aus gefrorenem Schnee erbaut. Omer Tzatza befiel bei dem Vergleich ein Eindruck von Kälte. Die Mauern des Königspalastes waren gewiß aus einem quarkähnlichen Material erbaut. Von den großen Fenstern, den Gärten, die, soweit das Auge reichte, den Palast umgaben und mit allerlei Blumen und Bäumen beflanzt waren, ging eine paradiesische Stille und Ruhe aus. Das ließ einen schon in großem Abstand mit leiser Stimme sprechen.

Überall hatte der Palast weite Tore, von strammen Wachen flankiert, welche den unablässigen Strom der Menschen, die wie bei sich zu Hause ein- und ausgingen, nicht

* Traditionelle weiße Filzkappe der Albaner

aus den Augen ließen. Alle diese Leute waren aus den entferntesten Winkeln des Königreichs herbeigekommen, um ihrem König ihre Sorgen vorzutragen. Er empfing sie den ganzen Tag über, in einem der hohen, lichtdurchfluteten Säle auf seinem hohen Thron sitzend. Dabei blieb er stets aufmerksam und ließ nicht das kleinste Anzeichen von Müdigkeit oder Verdruß erkennen. Einen nach dem anderen hörte er geduldig an, um dann den Höflingen Befehle zu erteilen, die ihn umgaben, bereit, jedes seiner Worte in die Tat umzusetzen. Die Menschen gingen von dort mit strahlenden Gesichtern weg. Sie hatten ihr Recht bekommen.

Omer Tzatza gebot seiner entflammten Imagination Halt.

»Aber wir, warum sind wir noch nie zum König gegangen?«

»Was sollen wir da?«

»Ihn bitten, daß er Vater freiläßt.« Komisch, daß sie noch nie an etwas derart Einfaches gedacht hatten.

Ohne ihren Schritt zu verlangsamen, wandte sich die Mutter nach dem Sohn um und warf ihm ein bitteres Lächeln zu.

»Der König ist aus Stein, mein Schatz. Du kannst ihn bitten, solange du möchtest, er hört nicht auf dich.«

»Wie kann denn der König aus Stein sein?« protestierte Omer Tzatza erstaunt. Er hatte ihre Antwort überhaupt nicht verstanden.

Wieder wandte sie den Kopf, und wieder lächelte sie den Sohn so bitter an.

Omer Tzatza fragte nicht mehr, wieso und weshalb. Es gefiel ihm besser, sich wieder den betörenden Märchen zuzuwenden, die er sich selbst im Stillen erzählte, von der Stadt, die ihn erwartete.

Rings um den Königspalast stehen die Paläste der Höflinge. Kleiner sind sie natürlich, aber ebenfalls weiß und schön, so daß man sich an ihnen gar nicht sattsehen kann. Wie der Palast des Königs sind sie von Blumengärten und Bäumen umgeben, in denen sich seltene Vögel versammeln, um unentwegt, Tag und Nacht, Sommer und Winter, ihre Lieder zu singen. Die Paläste der Höflinge sind mit dem Königspalast durch breite und gerade Straßen verbunden, belegt mit glatten Kieseln aus dem Fluß, so daß man seine lehmigen Opanken gar nicht darauf setzen mag.

Diese Straßen verzweigen sich dann zum Opankenmacher, zum Sattler, zum Hufschmied, zum Grobschmied, zum Bäcker.

Omer Tzatza versuchte lange, deren Werkstätten vor seinem inneren Auge erstehen zu lassen. Aber es wollte ihm nicht glücken. Schließlich fiel ihm auch ein, daß es dort nicht nur einen Hufschmied geben konnte. Es gab mindestens zwei. Die Schwester von Gjergj Elez Alia ging ja zu seinem Blutsbruder, dem Hufschmied, um sein Pferd beschlagen zu lassen. Der blutsverbrüderte Hufschmied fordert von ihr ein Entgelt, das ihm nicht zustand, und das sie ihm auch gar nicht geben konnte: ihre Ehre. So ging sie zu einem anderen Hufschmied.

Wenn es mehrere Hufschmiede gibt, dann gibt es bestimmt auch mehrere Sattler, war sich der Junge sicher. Denn Pferde, die Eisen brauchen, die wollen auch einen Satz Reit- und Packsättel. Auch Grobschmiede wird es mehrere geben, fuhr er fort. Die Hufeisen und Nägel für den Hufschmied macht nämlich der Grobschmied. Und außerdem macht der Grobschmied auch die Steigbügel für die Sättel und die Trensen für das Zaumzeug, welche der Sattler benötigt. Schließlich macht der Grobschmied auch alle möglichen Werkzeuge für die Hochländer. Schon eine einfache Aufstellung, wie sie Omer Tzatza in seinem Kopf anstellte, ergab, daß ganze Haufen von Sicheln, Sensen, Äxten, Bolzen, Hacken, Schaufeln, Pflugscharen, Harken benötigt wurden, was bedeutete, daß es unzählige Grobschmiede in der Stadt geben mußte.

Alle diese Hufschmiede, Sattler und Grobschmiede wollten natürlich essen. Und zwar jeden Tag. Und zwar dreimal am Tag. Wie soll da ein Brotbäcker reichen?! Noch nicht einmal zwei oder zehn reichen da, war er völlig überzeugt. Denn es gibt ja nicht nur sie. Da sind auch noch ihre Kinder, ihre Frauen, die verschrumpelten Greise, die nicht mehr arbeiten können. Aber ohne Brot können auch die Bäcker selbst mit ihren Angehörigen nicht leben, deshalb müssen sie mehr herstellen, als sie verkaufen. Und die ganzen Hochländer, die in die Stadt herabstiegen, um bei diesen Handwerkern einzukaufen, wollten sie denn nicht auch den Tag über einen Bissen zwischen die Zähne bekommen? Sonst würden sie ja beim abendlichen Rückweg nach Hause unterwegs vor Hunger die Kräfte verlassen.

Omer Tzatza wußte, daß die Bäcker auch schmackhafte Süßigkeiten zubereiteten. Er hatte sogar selbst schon ein paarmal davon gekostet. Der Onkel mütterlicherseits hatte sie ihm vom Markt in der Stadt mitgebracht.

Unter dem Strich gelangte Omer Tzatza zum Schluß, daß es mehr Bäcker gab als Grobschmiede. Womöglich waren es so viele wie die Grobschmiede, die Hufschmiede und die Sattler zusammen. Und alle diese, also Bäcker, Grobschmiede und Hufschmiede, wollten unbedingt Opanken haben, schließlich konnten sie nicht barfuß auf der Straße herumlaufen. Opanken, größere und kleinere, brauchen auch die Mitglieder ihrer Familien. Aber auch die Hochländer ganz allgemein haben Bedarf an Opanken. Zusammen mit ihren Frauen und Kindern stellen die Hochländer eine unermeßliche Zahl dar. Der Junge konnte sich gar nicht vorstellen, wie viele Opankenmacher es in der Stadt geben mußte, so viele waren es.

Dann fielen ihm die Schneider ein, die Kleider für die Leute zuschnitten und nähten. Was nur die Aussteuer einer Braut für Arbeit macht! Ganz zu schweigen von den Alltagskleidern der Menschen. Omer Tzatza hatte wieder nicht den kleinsten Zweifel, daß es mehr Schneider gab als andere Handwerker. Auch die Maurer vergaß er nicht, ohne die das ganze, ständig an Zahl zunehmende Menschengewimmel kein Dach über dem Kopf hätte. Und von den Maurern braucht man, wenn man ein Haus bauen will, einen ganzen Haufen. Und erst recht, wenn man eine Stadt bauen wollte. Doch diese Stadt konnte auch ohne die

Holzfäller nicht auskommen, sonst würde man ja schon am ersten Tag eines strengen Winters am Abend zum Eisklotz werden. Die Holzfäller waren meistens Hochländer, die bei den Wäldern lebten und in die Stadt herabstiegen, um Holz zu verkaufen. Aber auch in der Stadt gab es welche, die zum gleichen Zweck in die Berge hinaufstiegen. Omer Tzatza konnte wohl den Unterschied zwischen ihnen erkennen. Die aus dem Gebirge waren gewiß schlecht gekleidet und lehmbeschmiert. Die Holzhauer aus der Stadt waren immerhin Städter. Omer Tzatza war erfreut, daß es in der Stadt ein Handwerk gab, das auch er ausüben konnte: Holzhacker.

Die Sonne versank langsam hinter dem Berg, dessen Wange so rot war wie das Gesicht eines Menschen nach einem langen Lauf in der sommerlichen Mittagshitze. Die Mutter marschierte eiligen Schritts immer voran, ohne der Färbung des Horizonts auch nur die geringste Aufmerksamkeit zu schenken. Was für nutzlose Berechnungen im Kopf des Jungen herumgingen wie die Maultiere auf dem Dreschplatz, das wäre ihr überhaupt nicht in den Sinn gekommen. Tatsächlich kommen einem solche Überlegungen leicht nutzlos vor. In Momenten wie diesem gab sich Omer Tzatza ihnen jedoch völlig hin, und das zu Recht. Diese merkwürdigen Aufstellungen schufen ihm ein wundervolles Bild von der Stadt, in der sie am Abend ankommen würden. Er wollte jeden Winkel von ihr erkunden. Und sich wie kein anderer amüsieren.

Den Besuch beim Vater hatte er völlig vergessen.

Omer Tzatza wußte inzwischen, daß diese ganze Menschenmasse sich nicht durch schmale, lehmige und krumme Gassen bewegen konnte, wie es sie auf dem Dorf gab. Ein solcher Anblick wäre ihren Augen unerträglich. Die Örtlichkeiten wären für ihr Schuhwerk denkbar ungeeignet, ihre Hosen, ihre Hüte. Omer Tzatza warf einen verstohlenen Blick auf seine eigenen Kleider und verspürte eine gewisse Beklemmung. Wahrscheinlich würde man sie nicht für besonders adrett halten.

»Mutter, hast du Geld dabei?«

Sie ging langsamer und drehte sich erstaunt um. Wo hat er gelernt, sich über Geld Gedanken zu machen?

»Warum, brauchst du welches?«

Der Junge wagte nicht, es ihr zu erklären. Er wiederholte nur seine Frage. Bestimmter.

»Sag, hast du welches?«

»Ja«, antwortete sie.

Der Junge war beruhigt. Er konnte sich neue Kleider kaufen, wenn es nötig sein sollte.

Omer Tzatza war noch nicht fertig mit den Straßen. Sie waren gewiß so beschaffen, daß außer Menschen auch Wagen darauf paßten. Also waren die Straßen nicht nur sauber, sondern auch doppelt breit. Mindestens doppelt. Oder dreifach. Und abends mußten die Straßen gut beleuchtet sein, mit großen Lampen, so gelb wie Winterbirnen, die an hohen Masten hingen. Das Licht fiel von oben auf die Hüte der Menschen, ihre Schultern, die Schuhe, um sich dann gemächlich auf das Pflaster zu legen wie gelber Schnee, alle Spuren verhüllend. Schnee, der nicht feucht und nicht kalt macht. Märchenschnee. Ohne dieses Licht würden die Passanten blindlings umherirren, im Finstern aufeinanderprallen, unentwegt sich zankend, nein, du bist schuld, nein, ich bin nicht schuld, und gewiß würden sie ihre Messer und Revolver zücken und Nacht für Nacht sinnlos Blut vergießen. Das wäre ja eine wahre Katastrophe, wenn der eine den anderen nicht sehen könnte.

Aber nein. Die großen, winterbirnengelben Lampen gaben genug Licht, um die Nacht zum Tage zu machen. Außerdem gehen auf den Straßen die ganze Zeit über die Gendarmen des Königs in Paaren auf und ab. Und wenn es zu einem Mißverständnis kommt, denn es kann sich nur um Mißverständnisse handeln, sind sie stets zur Stelle, um sich mit klugen und freundlichen Worten einzuschalten und die Leute zu beschwichtigen. So will es der König. Daß die Menschen brüderlich zusammenleben. Deshalb bezahlt er auch aus seiner eigenen Tasche alle diese Gendarmen, nur damit sie allenthalben Frieden und Brüderlichkeit säen. Nur in Brüderlichkeit ist das Leben schön. Haß macht alles häßlich. Es lebe der König!

Zu beiden Seiten dieser geraden und breiten Straßen, auf denen gutgekleidete, glückliche Bürger hin und her strömen, erheben sich, wie sollte es anders sein, große Häuser. Sie sind aus behauenem Stein erbaut. Omer Tzatza, der keine Hitze mochte, stellte sich sogleich vor, wie die Häuser ihren maulbeerbaumleichten Schatten über das Straßenpflaster warfen. An den langen Sommertagen diente dieser Schatten den unermüdlichen Passanten als Schutz vor der sengenden Sonne.

Drinnen erfüllt die Kühle frischen Wassers diese Häuser.

Es kommt vor, daß ein heftiger Regenguß die Passanten überrascht. Sie stellen sich dann unter die vorspringenden Hausdächer, um das Ende des Schauers abzuwarten. Wenn jedoch der Regen länger dauert, öffnen sich die Haustüren, und die Hausherren bitten die zufälligen Passanten herein, wo sie dann in behaglichen Zimmern bei einem Kaffee warten. Die Kinder bekommen Süßes vorgesetzt. Omer Tzatza wünschte sich, daß morgen ein solcher Regen niedergehen möge. Allen muß auf dieser Erde das ersehnte Wohlbehagen zuteil werden. Keinem soll Kummer beschieden sein.

Omer Tzatza war von der Pracht, die ihn an dem Ort, den man Stadt nannte, erwartete, derart hingerissen, daß der Grund dieser dringlichen Reise bei ihm weiter in Vergessenheit blieb. Nicht nur seine Seele, auch sein Körper waren tief eingetaucht in die Vorfreude auf das Wunder, das er zu entdecken haben würde.

Wo mag das Gefängnis sein? fragte er sich erbebend, als sei er eben aus einem Traum erwacht. Der krachende Einschlag eines Blitzes aus blauem Himmel in einen Berggipfel hätte ihn nicht mehr erschrecken können. Einen Moment lang war er völlig durcheinander.

Wirklich, wo mag das Gefängnis sein? fragte sich Omer Tzatza erneut und ließ sein inneres Auge forschend über die Stadt gleiten. Seltsamerweise ergab sich ein verworrenes Bild. Alles war trübe und bröckelig wie auf dem Grund eines Flusses. Die Stadt war nicht mehr friedlich und grandios. Wie konnte sie sich nur so schnell verändern?

Was ist passiert? fragte sich der Junge und fand keine Antwort. Eigentlich hätte er sogleich das Gefängnis finden müssen. Er fühlte sich schuldig. Danach hätte er ja eigentlich zuerst suchen müssen. So viele Jahre schon hielt man seinen Vater dort eingesperrt. Oso Tzatza, der Mann mit dem Drachenherzen. Es gibt keinen anderen geeigneten Ort für das Gefängnis als in den tiefen Kellern des königlichen Palastes, befand Omer Tzatza ohne Zögern. Aber anders als das, was er sich bis dahin ausgemalt hatte, blieb diese Vorstellung in seinem Kopf ganz vage und zittrig. Es ging nicht anders, er mußte die Mutter fragen.

Sie antwortete lachend:

»Du träumst wohl mit offenen Augen, mein Sohn?«

»Träumen, mit offenen Augen?! Weshalb?« fuhr der Junge hoch, ein wenig beleidigt, aber mehr noch verwirrt. Nach der Flut ausschweifender Bilder herrschte in seinem Kopf nur noch Durcheinander.

»In der Stadt, in die wir gehen, gibt es keinen König und auch kein Königsschloß«, fuhr sie fort, diesmal ganz ernst. Das bekümmerte Gesicht des Sohnes machte ihr Sorgen.

»Was?! Und wo wohnt der König?«

»In Tirana«, erklärte sie, immer noch ernsthaft. »Ganz weit von hier. Aber zerbrich dir darüber nicht den Kopf!« Und sie lachte wieder, um es dem Sohn leichter zu machen.

»Und das Gefängnis, wo ist dann das Gefängnis?« Omer Tzatzas Stimme erklang rauh in der Stille, die sie umgab. In dem Jungen sammelte sich heftig eine blinde Wut.

»Das Gefängnis ist am Rand der Stadt, in den alten Mauern der Burg.« Die Mutter tat so, als bemerkte sie den schlecht versteckten Zorn des Sohnes nicht. Sie seufzte bloß.

Mehr sprach sie nicht. Sie setzte ihren Weg fort, die Arme herabgezogen von der Last der beiden Beutel, die bei jedem Schritt hin und her baumelten. Omer Tzatza fragte nicht weiter. Blinder Zorn hatte sich in seiner Seele angesammelt und wollte nicht abfließen, wie das Wasser auf dem Grund des Brunnens nach einem Regenguß. Das berückende Märchen vom gutherzigen König und den klugen Gendarmen, das er sich so glühend ausgemalt hatte, war wie von einem scharfen Hackebeil gewaltsam in Fetzen geschlagen worden. Die Bruchstücke all der Bilder hatte er noch immer vor Augen, doch sie waren nicht mehr zu erkennen. Doch sie versperrten dem Jungen weiter den Blick auf die Stadt, in die er wirklich ging.

»Mach deine Opanken sauber!« Die Mutter wies auf den Bach. »Hinter dem Hügel mit den Kastanienbäumen da vorne ist die Stadt.«

Es war dunkel geworden, und alles ringsum glich mehr einem Schatten als der wirklichen Welt.

V

Omer Tzatza sah ein, daß seine Mutter mit ihrer Äußerung, er träume mit offenen Augen, recht gehabt hatte. Die Stadt entsprach den Vorstellungen des Jungen in nichts.

Die Enttäuschung weckte in ihm die Schwermut und Leere eines Menschen, der entdeckt, wie sehr er getäuscht worden ist. Um so mehr, wenn man sich selber getäuscht hat. Die Stadt war eine Anhäufung niedriger, baufälliger Häuser ohne jeden Bezug zueinander. Als seien sie einfach kreuz und quer ausgestreut worden über dieser Handbreit flacher Erde zwischen unregelmäßigen Ketten kastanienbestandener Hügel, welche das verwaschene Licht der Abenddämmerung unbarmherzig nach allen Seiten auseinanderdrückte und verdüsterte.

Die krummen Straßen waren nahezu verödet. Da und dort sickerte aus verrußten Laternen ein bläßlicher Lichtschein. Wie er zitternd zwischen den da und dort schon halb eingefallenen Hofmauern unhergeisterte, glich er einer greisen Schlange, die kaum noch die Kraft zum Weiterkriechen fand. Nur selten stach einem ein neues, schönes Haus ins Auge, mit einem großen Balkon nach vorne hinaus und weiten Fenstern. Die Fenster verhüllten wie feiner Dampf weiße Gardinen, hinter denen man von der Straße aus menschliche Schatten sich hin und her bewegen sah. Doch was da inmitten der Häßlichkeit ringsum auffiel, hatte doch nichts zu tun mit dem atemberaubenden Porzellanglanz der makellosen Figuren, die sich Omer Tzatza erträumt hatte.

Kaum lag die Stadt vor ihnen, war es mit Omer Tzatzas Enthusiasmus auch schon vorbei. Zuerst stellte sich Verdruß ein. Mit wachsendem Mißmut trottete er hinter der Mutter her. Als sie bei den ersten Häusern anlangten, kam zu dem Mißmut Verzagtheit, eine heimliche, unerklärliche Angst. Omer Tzatza scheute sich, seine Füße auf das alte, in die Erde eingepflanzte, ja eingesunkene Pflaster zu setzen.

Die Mutter hörte, daß die Schritte des Jungen zurückblieben und wandte den Kopf.

»Mach schneller! Wenn du nicht bei mir bleibst, verlieren wir uns, und du verirrst dich!«

Rasch schloß Omer Tzatza auf. Es hatte ihm die Sprache verschlagen. Niedergeschlagenheit, Bangigkeit und Verwirrung vermischten sich und versetzten ihn in einen Zustand der Zerstreutheit, den er bis dahin noch nicht kennengelernt hatte. Ab und zu ließ sich hinter den bemoosten Hofmauern gedämpftes Geflüster vernehmen. Instinktiv hielt Omer Tzatza ein. Was war es, das ihm da in einer stammelnden, furchteinflößenden Sprache wie heimliches Klagen in den Ohren hallte?

Omer Tzatza war zerstreut und voller schlimmer Vorahnungen. Wo würden sie eigentlich die Nacht verbringen, fragte er sich, nachdem er die gleiche Frage aus dem Mund eines Gendarmen vernommen hatte. Es war ein großer, dünner, schnurrbärtiger Gendarm. Die beiden müden Wanderer, denen er sich nun schon zum zweiten Mal gegenüber sah, erregten seine Aufmerksamkeit, wie sie da wie zwei Blinde dahergetrottet kamen, die Frau voran und der Junge an ihren Fersen. Die Mutter schien den Sohn an einem unsichtbaren Strick hinter sich herzuziehen. Der Sohn schien die Mutter mit einem ebenso unsichtbaren Spieß vor sich herzutreiben.

Grob wandte sich der Gendarm an die beiden.

»Was irrt ihr hier um Mitternacht herum wie die Verrückten?«

Omer Tzatza mußte lachen. Wie die Verrückten?! Der Gendarm hatte das richtige Wort gefunden.

Der Gendarm sprach weiter, ohne eine Antwort abzuwarten:

»Schaut zu, daß ihr irgendwo unterkriecht!«

Die Mutter gab verächtlich zurück:

»Das machen wir ja eben.«

Dem Gendarmen reichte diese Antwort nicht aus.

»Macht zu! Sonst finde ich einen Ort für euch!«

Omer Tzatza mischte sich ein:

»Wo?«

Der Gendarm merkte, daß der Junge lachte.

»Dort, wo du ordentlich etwas zu lachen hast und Brot und Prügel kostenlos zu essen bekommst.« Der Gendarm machte eine häßliche Drohgebärde.

Omer Tzatza verging das Lachen. Nicht, daß ihm die Drohung des Gendarmen besonders Angst gemacht hätte. Was ihn aber ordentlich beeindruckte, war die Wendung »wo man Brot und Prügel kostenlos zu essen bekommt«.

Was war das nur für ein Ort, davon habe ich ja noch nie gehört? fragte er sich ernsthaft.

Der Gendarm war der zweite Unbekannte, mit dem Mutter und Sohn an diesem Abend ein paar Worte wechselten. Zuerst war es eine zerlumpte Frau gewesen. Sie hockte mit zwei kleinen Kindern auf dem Schoß direkt auf dem staubigen Pflaster.

»Gebt etwas für diese armen Waisenkinder, die mit leerem Magen auf der Straße schlafen müssen! Gebt! Der Herr in seiner Güte wird es euch lohnen! Gesegnet sei, wer eurem Herzen nahe steht!«

Die meisten derer, die sie anbettelte, verschwendeten keinen Blick an sie, vielleicht hörten sie noch nicht einmal hin. Trotzdem gab sie ihnen Segnungen mit auf den Weg, was Omer Tzatza verwunderte.

Die Mutter blieb stehen. Seufzte aus tiefster Seele. Steckte die Hand in einen der Beutel und zog einen Laib Brot und ein großes Stück Käse hervor.

»Mehr habe ich selbst nicht«, sagte die Mutter bekümmert und schuldbewußt.

Omer Tzatza sagte kein Wort. Als sie schon ein ganzes Stück weiter waren, war hinter ihnen immer noch die bebende Stimme der Frau zu hören, die der Wohltäterin Segnungen nachschickte.

»Was war das für eine Frau?« fragte Omer Tzatza schließlich seine Mutter.

»Eine Bettlerin. Die Arme!«

Eine Bettlerin, wiederholte Omer Tzatza bei sich. Es

war das erste Mal, daß er jemanden zu Gesicht bekam, dem es nichts ausmachte, sich an eine Straßenecke zu hocken und unbekannten Passanten die Hand hinzustrecken. Es war ihm unbegreiflich, wie weit einen die Armut erniedrigen konnte.

Die scharfe Drohung des Gendarmen hinterließ bei dem Jungen allerdings Wirkung: Einen Moment lang verglich er sich und die Mutter mit der Bettlerin. Mit dem Unterschied, daß Mutter und Sohn keinen leeren Bauch hatten. Was ihnen fehlte, war eine Unterkunft für die Nacht.

»Geh weiter, Herr, geh deiner Wege und scher dich um deine eigenen Angelegenheiten«, gab die Mutter zurück. Es war eine ihrer üblichen schroffen Antworten.

Der Gendarm warf sich in die Brust.

»Erzähl du mir nicht, was meine Angelegenheiten sind!«

Der Gendarm hielt einen Moment lang ein. Dann fuhr er fort:

»Meine Angelegenheit ist es, daß ich darauf achte, wen ihr euch heute abend zum Bestehlen ausgesucht habt.«

Omer Tzatza brannten die Ohrläppchen. Wie konnte er es wagen, sie Diebe zu nennen? Des Vaters Revolver fiel ihm ein. Wie hatte er nur vergessen können, ihn mitzunehmen?! Und wieso hatte die Mutter nicht daran gedacht? Fest davon überzeugt, daß es seine Pflicht war, die eigene und die Ehre der Mutter zu verteidigen, wäre er dem Gendarmen an den Hals gesprungen, hätte sich nicht die Mutter derart ruhig verhalten.

»Auf, Herr, geh und finde die Diebe! Wir sind nicht von diesem Schlag, zum Glück!«

»Und was seid ihr dann?«

»Einfache Leute, die etwas zu tun haben.«

»Einfache Leute, das sagt ihr alle! Bis ihr dann ...!«

»...!«

»Habt ihr jemand hier?« Die Stimme des Gendarmen fing an, sich zu legen.

»Haben wir. Den suchen wir. Aber die Nacht und die Müdigkeit haben mich ganz verwirrt, so daß ich sein Haus nicht finde.«

»Wie heißt er?«

»Sali Vështi«, antwortete die Mutter.

»Und wie stehst du zu ihm?«

»Er ist der Vetter meines Mannes.«

»Wo ist dein Mann?«

»Du hast viele Fragen, Herr. Kannst du mir helfen, Sali Vështis Haus zu finden? Das würde dir Ehre machen.«

Omer Tzatza konnte nicht verstehen, wieso die Mutter des Vaters Namen nicht nennen wollte.

»Wer ist dein Mann, los, sage!« wiederholte der Gendarm, diesmal grob.

»Willst du das wirklich wissen?«

Der Gendarm schnaubte durch die Zähne.

»Oso Tzatza ist sein Name«, sagte die Mutter nun mit einer ganz besonderen Betonung.

Die Mutter fuhr fort:

»Hast du schon von ihm gehört?«

»Eh«, murmelte der Gendarm vor sich hin.

»Und das ist sein Sohn«, sprach die Mutter mit einer Kopfbewegung auf Omer Tzatza weiter. Zorniger Stolz erfüllte sie.

Der Gendarm trieb es nicht noch weiter. Er war sogar höflich genug, ihnen den Weg zu Sali Vështis Haus zu zeigen.

Der Junge hatte es kaum erwarten können, bis der Gendarm weg war, wollte er die Mutter doch endlich fragen, wo es kostenlos zu essen gab. Die Prügel allerdings erwähnte er nicht.

»Im Gefängnis«, antwortete sie und fing an zu schmunzeln. »Dort gibt es trockenes Brot und eine Tracht Prügel ganz ohne Geld.«

Die Antwort brachte Omer Tzatza ganz durcheinander. Er verzichtete darauf, der Mutter die zweite Frage zu stellen: Weshalb hatte sie den Namen des Vaters vor dem Gendarmen verheimlichen wollen? Er hatte sich nämlich bei einem Irrtum ertappt. Einem schweren Irrtum. Für eine Weile hatte er den Grund ihres eiligen Abstiegs in die Stadt ganz vergessen gehabt. Er hatte des Vaters Gefängnis vergessen. Und dafür allen möglichen Blödsinn in seinem Kopf herumgewälzt. Dummkopf, schalt er sich selbst. Die Pflicht, die er sich auferlegt hatte, kam ihm wieder in den Sinn: Er mußte des Vaters Geheimnis enthüllen. Was war dies für eine Macht, die bewirkt hatte, daß er ihm jahrelang unbekannt geblieben war?

Die Worte, die er im Dorf, und besonders von den

Frauen, häufig hatte sagen hören, klangen ihm im Ohr: »Das arme Kind, wächst als Waise auf, obwohl sein Vater am Leben ist!« Das dem Herbstwind gleichende Seufzen seiner Mutter. Ihr stets ernstes Gesicht. Diese plötzliche *Erkenntnis* ließ ihn, als sie sich Sali Vështis Haus näherten, aufschluchzen. Er wußte, er mußte sich zusammennehmen. Und er nahm sich zusammen. Er war voller Wut, auch wenn er nicht wußte, auf wen. Seine Unterlippe bebte wie in einem schlimmen Fieber. Er biß sie sich blutig, um das Zittern abzustellen.

Ja, das war der wirkliche Omer Tzatza! Ihm und niemand sonst oblag es, dem Geheimnis auf die Spur zu kommen.

»Aber das Gefängnis, Mutter! Wir haben doch überhaupt kein Gefängnis gesehen!?«

Die Mutter erwiderte:

»Du wirst morgen soviel davon sehen, daß du es nie vergessen wirst.« Ihre Stimme war kalt. Drohend.

VI

Den ganzen Abend über hatte Omer Tzatza die vage Vision des Gefängnisses vor Augen. Auch noch, als er sich schlafen legte. Der Gedanke ging ihm nicht aus dem Kopf, daß sein Vater ihn ungeduldig erwartete, damit er ihm helfe, ein für allemal sich von der Bedrückung zu befreien. Er wartete seit so vielen Jahren darauf, daß er erwachsen werde. Sein Warten hatte nun ein Ende. Und mit gutem Recht.

Aber wie sollte er ihm helfen?

Wie sollte er seinem Vater zur Freiheit verhelfen?

Das war die wichtigste Frage. Dennoch nahm sie in Omer Tzatzas Kopf erst klare Umrisse an, als sich seine Wimpern aufeinanderlegten und dahinter das wirre Zauberknäuel des Traumes entrollte.

Und das begann so:

Er stand im Hof vor dem Haus und striegelte das Pferd. Einen hohen, hübschen Schimmel, dessen Fell vor Gesundheit und Kraft glänzte. Er striegelte ihn sorgfältig und fragte sich dabei: Woher habe ich dieses wunderbare Pferd? Der Junge kannte es überhaupt nicht. Es war keines der Pferde des Dorfes. Woher ist es bloß zu mir gekommen? wunderte sich Omer Tzatza. Er sprach die Fragen nicht aus. Das Tier beugte zufrieden den Hals und scharrte mit einem der Vorderhufe den Boden. Omer Tzatza hatte keinen Zweifel, daß das Tier auf seine Art zum Ausdruck brachte, wie sehr ihm das zärtliche Bürsten behagte.

Plötzlich ließ sich eine Stimme vernehmen:

»Hast du noch immer nicht begriffen?«

Omer Tzatza erstarrte. Er wollte seinen Ohren nicht trauen. Schaute sich mehrmals nach allen Seiten um. Mißtrauisch. Wer war da unbemerkt herangekommen?

Niemand.

Seine Ohren hatten ihm einen Streich gespielt. Der Junge wandte sich wieder seiner Arbeit zu. Striegelte. Das Pferd war zufrieden. Und ebenso der Junge. Das war eine

Arbeit, die wie kaum eine andere Mensch und Tier einander näher brachte.

»Hast du wieder nicht verstanden?«

Wieder war die Stimme zu hören. Es war die gleiche wie zuvor. Und es war klar, daß diese Stimme aus der Nähe kam. Omer Tzatza hatte keinen Grund mehr, sich weiter weg nach dem umzuschauen, der da geredet hatte. Aber es fiel ihm auch schwer zu glauben, daß es wirklich das Pferd gewesen war. Hatte man je von einem sprechenden Pferd gehört? »Sei nicht so zerstreut, du bist jetzt ein Mann!«

Omer Tzatzas und des Pferdes Blicke trafen sich. Das Tier schüttelte leicht den Kopf. Stumm und freundlich tadelte das Pferd den Jungen für sein grundloses Mißtrauen.

Verwirrt wartet Omer Tzatza darauf, wie es weitergehen würde.

Das Pferd, das wohl die ungewohnte Bangigkeit des jungen Reiters spürte, wartete nicht lange:

» Ich bin Mujis Gjog. Mein Herr sandte mich zu dir, damit wir zusammen den wackeren Oso Tzatza aus des Zaren finsterem Kerker befreien.«

»Vater ist nicht im Gefängnis des Zaren. Er ist im Gefängnis des Königs«, antwortete Omer Tzatza hastig.

»Verschwende nicht die Zeit mit sinnlosen Reden!« gab das Pferd zurück. »Spute dich, damit du fertig wirst! Wir müssen uns aufmachen zum Ort der Schlacht.«

Das alles kam Omer Tzatza ganz unerwartet, und seine Verwirrung wuchs. Er wußte gar nicht, was für Vorbereitungen nötig waren. Das Pferd maß ihn mit einem strengen Blick und stieß ein gedehntes Wiehern aus, gleich einem Hornsignal zum Kampf. Die Erde unter Omer Tzatzas Füßen bebte.

»Springe in den Sattel, du junger Recke des Hochlands!«

Omer Tzatza vermochte sich nicht aus seiner Erstarrung zu lösen.

»Ich habe ja keine Waffen bei mir«, erwiderte er. »Ein Mann ohne Waffen verliert in der Schlacht sein Gesicht.«

»Wie, du hast keine?! So greife doch an deinen Gürtel!«

Ohne zu überlegen gehorchte Omer Tzatza. Und wirklich, in seinem Gürtel steckte ein Revolver. Er zog ihn langsam hervor und musterte ihn aufmerksam: es war die Waffe seines Vaters, die ihm seine Mutter an dem Tag geschenkt hatte, als sie ihn bei der Hochzeit von Kurt Drenis Sohn zum Führer des Brautzugs gemacht hatten. Wie kommt die denn in meinen Gürtel? fragte er sich. Alle mögliche Hexerei widerfuhr ihm, mit der er gar nicht vertraut war. Trotzdem, er wunderte sich nicht mehr. Gjog kniete nieder und bedeutete dem Reiter aufzusteigen.

»Beim nächsten Mal«, sagte er, »mußt du allein in meinen Sattel fliegen. Sonst bist du kein Recke. Auf nun! Und stecke den Revolver an seinen Platz! Bald wird seine Mündung Feuer spucken. Himmel und Erde werden wir in Flammen setzen, um Oso Tzatza zu befreien.«

Omer Tzatza klammerte sich an die Mähne des Pferdes.

Sie war lang und dicht. Im Galopp zauste sie der Wind wie die Krone einer Weide. Omer Tzatza sah nicht die Erde unter den Hufen des Pferdes, sondern hörte nur ab und zu, wie die Eisen auf Felsen schlugen, so daß die Funken sprühten wie die Blitze beim Gewitter. Die Luft sammelte sich in Omer Tzatzas Augen wie schäumendes Wasser. In den Ohren klangen ihm ferne Männerstimmen, die ihn beim Namen riefen und gute Verrichtung wünschten. Omer Tzatza konnte die Gesichter der Grüßenden nicht erkennen. Aber das war auch gar nicht nötig. Er zog den Revolver und schoß mehrfach in die Luft, um den Gruß nach Art der Krieger zu erwidern.

Die anfängliche Verwirrtheit, Erstarrung und Überraschung war nun ganz verflogen.

Er wußte, wer er war: der junge Recke Omer Tzatza.

Es war ihm klar, wohin er unterwegs war: den alten Recken Oso Tzatza aus dem finsteren Kerker herauszuholen, in dem er seit einhundert Jahren schmachtete, an Händen und Füßen in Ketten gelegt. Seinen Vater, berühmt im ganzen Hochland für seine Furchtlosigkeit, Hochherzigkeit und Klugheit.

Auf jeder Paßhöhe, die sie überquerten, wieherte Gjog energisch. Es war, als wolle er den schneebedeckten Almen von der neuerlichen ruhmvollen Reise Nachricht geben. Und die Almen antworteten mit einem fröhlich gedehnten Echo, das von Felswand zu Felswand zurückgegeben wurde, durch die Täler wallte und sich hinauf zum Himmel erhob. Die ganze Welt hallte davon wider. Der junge

Recke Omer Tzatza war auf dem Weg, sich mit dem König zu messen.

So gelangten sie schließlich vor die düstere, von dicken Mauern umgebene Burg des Zaren.

Vor dem Burgtor mit seinen beiden schweren, rostigen Flügeln stieg Gjog hoch, bevor er zum Stehen kam. Die dichte Staubwolke, die sie auf ihrem Weg hinter sich hergezogen hatten, erreichte den Reiter und legte sich wie eine farblose Pelerine um ihn und das Pferd. Dann, als sich die Staubwolke gelegt hatte, bemerkte Omer Tzatza, daß von der stählernen Trense an Gjogs Zaumzeug weißer Schaum troff. Wie erschöpft er sein muß! dachte der Ritter voller Mitgefühl.

Gjog, der wieder seine Gedanken erriet, sprach leise, aber scharf:

»Recken auf dem Schlachtfeld haben andere Sorgen. Wir sind nicht zum Vergnügen hier.«

Und er wieherte kräftig, wie gewöhnlich.

Hinter dem schweren Tor ließ sich eine bebende Männerstimme vernehmen:

»Wer ist da?«

»Ich bin Omer Tzatza, Oso Tzatzas Sohn.«

»Was ist dein Begehr?«

»Öffnet das Tor! Ich sage drinnen, was ich will.«

Omer Tzatza hatte diese so dröhnende wie schroffe, befehlsgewohnte Stimme bei sich selber noch nie wahrgenommen. Stolz erfüllte ihn. Er war kein Kind mehr. Er war nun ein ganz anderer. Ein Recke, im Sattel von Mujis Gjog.

Deshalb mußten sich ihm die Feinde fügen. Oder es wäre um sie geschehen, kein Schatten mehr von ihnen auf dieser Erde, vorbei mit dem Unglück, das sie über unschuldige Menschen brachten. Es war wieder der Wächter, der antwortete. Mit einer Stimme, in der Entsetzen mitschwang.

»Das Tor öffnet sich nur auf Befehl des Zaren.«

»Wer fragt schon nach dir und deinem Zaren«, gab der wackere Ritter zurück. Er hatte keine Zeit zu verlieren. Er zog den Revolver und feuerte blitzschnell auf die Torangeln. Diese lösten sich mit einem gellen Kreischen, eine nach der anderen. Ein letzter Seufzer. Dann donnerte das ganze schwere Eisentor herab.

Gjog bedurfte keines Zeichens seines Reiters. Er stürmte los. Schwer schlugen seine Hufe auf das herabgestürzte Tor, als es darüber hinweg ging. Nicht, weil es ein Hindernis zu überwinden galt. Es gab kein Hindernis mehr. Gjog ließ seine Hufe auf das herabgestürzte Tor knallen, um Lärm zu machen. Er wußte, wie ein solcher Lärm sich auf dem Schlachtfeld auswirkt. Das sollte auch Omer Tzatza lernen. Der verrostete Torflügel dröhnte wie tausend Glocken. Die ganze Burg war von einem grausigen Donnern erfüllt. Die Wachen in ihren Schilderhäuschen machten sich aus dem Staub. Verkriecht euch nur in eure Mauselöcher, rief ihnen Omer Tzatza nach. Nicht nur die Wachen und Diener hörten es. Auch der Zar. Er saß auf seinem stattlichen goldenen Thron und hielt Rat mit der Zarin.

Was war das für ein jähes Unheil?

Der Zar trat auf den Balkon hinaus.

Was mußte er da sehen?

Er vergaß die Zarin.

Der ganze Hof war leer, kein Wächter, kein Bediensteter. Mitten darin Omer Tzatza, hoch aufgereckt auf Gjogs Rücken. Allein. Mit dem Blick ungeduldig nach dem schnellsten Weg zum Gefängnis forschend. Den Zaren traf fast der Schlag. Das große Tor war zertrümmert wie durch ein Erdbeben. Die Wachen, handverlesen aus dem ganzen königlichen Heer, wo waren sie geblieben? Der Erdboden hatte sie wohl kaum verschluckt. Und dieser Ritter, der noch feucht war hinter den Ohren, konnte sie auch nicht ausgelöscht haben. Besser, die Wächter hatten ihn verraten, als … Dem Zaren verschlug es die Stimme, seine Knie wurden weich. Die Spucke blieb ihm weg.

Doch als König, der er nun einmal war, mußte er sich zusammenreißen.

Seine Stimme kehrte zurück.

Seine Knie wurden wieder fest.

Gleichwohl konnte er nicht ganz verbergen, wie bestürzt er war.

»Wie wagst du es, so einfach in meine unverletzliche Burg einzudringen, dich meinem unwidersetzlichen Befehl zu widersetzen und meine unantastbaren Wachen anzutasten?«

»Ich bin Omer Tzatza. Oso Tzatzas Sohn. Selbst deine Burg ist für mich nicht unverletzlich, dein Befehl nicht unwidersetzlich, und es schert mich nicht, ob deine Wachen überhaupt noch leben.«

»Welch ein großer Held! Und was willst du?«

»Meinen Vater befreien, den du, der Schändlichste unter den Schändlichen, an Händen und Füßen in stählerne Ketten geschlagen hast.«

»Dein Vater hat sein Schicksal verdient.«

»Ich werde meinen Vater befreien und seine Leiden rächen. Entweder ich löse meinen Schwur ein, oder diese Burg verbrennt mit allem, was darinnen ist. In Flammen und Rauch werden Himmel und Erde gehüllt sein.«

Der Zar sah ein, daß mit dem jungen Ritter nicht zu scherzen war. Man mußte ihm anders Antwort geben.

»Nun, du scheinst ein großer Held zu sein. Doch sein Heldentum zeigt man nicht mit Worten. Sein Heldentum beweist man auf dem Kampfplatz.«

Omer Tzatza schnitt ihm das Wort ab:

»Das begehre ich.«

Der Zar fuhr fort:

»Deinen Vater lasse ich frei, und dich mache ich zum Blutsbruder meines einzigen Sohnes, des künftigen Königs, wenn du auf dem Kampfplatz meinen schwarzen Mohren, den obersten Kerkermeister, zu bezwingen weißt, der sich rühmt, daß es im ganzen Königreich keinen Mann gibt, der ihm im Zweikampf gewachsen wäre.«

»Blutsbrüderschaft will ich nicht von dir. Suche deinem Sohn einen anderen, der zu seinem königlichen Blut paßt. Deinen schwarzen Mohren ruf hierher. Auf der Stelle. Ich habe keine Zeit zu verlieren.«

Gjog unterstrich die Worte seines Reiters mit einem neuerlichen Wiehern, so scharf wie ein Kampflied.

Gleich darauf erschien der Mohr im offenen Quadrat des Eingangs zum königlichen Palast. Als habe er nur darauf gewartet, sich Omer Tzatza zu stellen. Sein gewaltiger Leib war gänzlich in Stahl gehüllt. Nur Augen und Mund waren frei. Der zierliche Omer Tzatza wirkte davor noch winziger.

Kaum wurde er des Gegners ansichtig, stieß der schwarze Mohr ein verächtliches Pfeifen aus.

Der Zar besah sich vom Balkon aus gleichmütig die Szene.

Der schwarze Mohr wandte sich ihm zu:

»Hoheit, seid geehrt! Gehorsam und untertänig füge ich mich auch in diesen euren Scherz: mich mit einem Knirps zu duellieren. Nur mögt ihr mir gestatten, das Spiel der Katze mit der Maus ein wenig auszudehnen, damit ihr euch daran ergötzen könnt.«

Der Zar lachte glucksend.

»Ha, ha, ha! Hi, hi, hi! O Mohr, Schrecken meiner Feinde! Er selbst fordert dich zum Duell. Doch wenn er sich entschuldigt, wie es sich für brave Kinder gehört, die ihren Fehler einsehen, will ich mich gnädig zeigen und ihm verzeihen.«

Der schwarze Mohr war geschmeichelt.

Beider Worte waren Gift für Omer Tzatzas Ohren. Seine Wut entflammte noch mehr. Nur mit Mühe konnte er sich bändigen, hätte er doch am liebsten den Revolver gezogen und dem schwarzen Mohren wie dem Zaren auf der Stelle den Garaus gemacht. Alles zu seiner Zeit, mahnte ihn Gjog leise.

Der Zar ergriff erneut das Wort. Diesmal wandte er sich an Omer Tzatza.

»Laß hören, Held der Helden! Hat es dir die Sprache verschlagen? Ha, ha, ha! Nach so einem großen Auftritt.«

Der Ritter fuhr ihm über den Mund:

»Ich habe nichts mehr zu sagen. Ich rede immer nur einmal. Beim zweiten Mal hilft mir der.« Omer Tzatza zeigte dem Zaren seinen Revolver. »Ich warte.«

Der Zar erwiderte:

»Also gut! Fangt an!«

Der schwarze Mohr kam mit großen Schritten auf Omer Tzatza zu. Einer der Wächter maß fünfzig Schritte zwischen den Kämpfern ab. Der schwarze Mohr grinste gemein. Omer Tzatza wartete finster. Des Zaren Miene hatte sich verdüstert.

»Jüngelchen«, wandte sich der schwarze Mohr zum ersten Mal an den jungen Ritter, »du hast den ersten Schuß.«

Omer Tzatza widersprach entschieden:

»Den ersten Schuß hast du!«

»Warum?«

»Ich habe dich zum Duell gefordert.«

Der schwarze Mohr beharrte, und nicht anders Omer Tzatza.

Der Zar griff ein, um zu entscheiden:

»Dem fremden Helden soll sein Wunsch erfüllt werden.«

Erneut hatte seine Stimme einen spöttischen Beiklang.

Omer Tzatza machte das keinen Eindruck mehr. Er hatte auf anderes zu achten.

»Hoheit, ich fürchte, sein Pulver möchte nicht zünden«, sprach, prahlerisch wie stets, der schwarze Mohr. Und grinste wieder.

Auch der Zar lachte.

»Ha, ha, ha! Hi, hi, hi!«

Wie auf Befehl fielen auch die Wachen ein. Und die Diener. Alle.

»Ha, ha, ha! Hi, hi, hi!«

Omer Tzatzas Kiefer spannten sich. Er wartete. Keine Wimper zuckte an seinen Augen. Der Revolverlauf des schwarzen Mohren richtete sich auf Omer Tzatza. Die Mündung glotzte schwarz wie ein rundes Stück Kohle. Omer Tzatza hörte den trockenen Knall und merkte, wie es mit ihm blitzschnell nach unten ging.

Hatte sich womöglich die Erde plötzlich geöffnet?

Nein, Gjog war im rechten Moment in die Knie gegangen.

Eine einzelne Kugel pfiff über des Jungen Kopf hinweg und verschwand irgendwo hinter ihm.

Gjog erhob sich rasch in seine alte Position.

Der Zar gab einen gedämpften Schrei des Erstaunens von sich. Dann biß er sich auf die Lippe.

Der schwarze Mohr sandte einen schuldbewußten Blick hinauf zu dem Balkon, auf dem sein Gebieter stand. Omer Tzatza seinerseits stieß ein wütendes Schnauben aus.

Nun war er an der Reihe. Langsam maß sein Blick den

Mohren von Kopf bis Fuß. Er wählte den Mund als Ziel, dieses apfelstieldünne, unbedeckte Fleckchen. Nur dorthin konnte er die Kugel setzen. Er zielte genau und drückte den Abzug des Revolvers. Seine Ohren dröhnten, als sei der Schuß genau in ihnen abgefeuert worden. Omer Tzatza sah der Kugel nach, die den Kinnschutz des Mohren traf und kraftlos vor seinen Füßen zu Boden plumpste wie eine zerquetschte Traube, gefolgt von einem Funkenregen vom Stahl der Rüstung. Das verdrehte Kinn des Mohren wurde mitsamt dem Kopf nach hinten geschleudert. Einen Moment lang flackerten seine Augen, wurden stumpf. Erloschen fast. Der Hals verkürzte sich, verschwand fast zwischen den Schultern. Dann kehrten Kopf und Kinn allmählich in ihre ursprüngliche Lage zurück. Der Hals erhob sich zögerlich aus dem Käfig des Schulterpanzers. Die Augen füllten sich Sprenkel um Sprenkel wieder mit dem gewohnten bösartigen Glanz. Omer Tzatza stieg das Blut in den Kopf. Schlichte Wut. Der Zar droben auf dem Balkon und ein paar der Wächter grinsten verstohlen. Wenigstens war es kein Ha-ha-ha-hi-hi-hi mehr. Aber auch das verstohlene Grinsen war nicht leicht zu ertragen.

Mit leiser, flehender Stimme wandte sich Omer Tzatza an das Pferd:

»Gjog, mein Bruder, mach uns keine Schande!«

Gjog versprach es auf seine Art. Leicht schüttelte er seine prächtige Mähne und stieß ein unterdrücktes Schnauben aus.

Omer Tzatza straffte den Rücken, sein Blick wurde fest,

und er ging in Warteposition. Die runde Mündung des Revolvers in der Hand des Mohren kam ihm nun nicht mehr wie ein Stück glimmender Kohle vor. Es war der Schlund eines Drachens, der gleich Feuer spucken würde. Doch hatten Wut und Ärger ihn so fest im Griff, daß er nicht die geringste Angst empfand.

Tief versunken in diese Empfindungen, fand sich Omer Tzatza plötzlich in der Luft schwebend wieder. Zusammen mit Gjog war er fünf Meter oder mehr nach links geflogen. Omer Tzatza wandte noch nicht einmal den Kopf, um festzustellen, wohin des Mohren Kugel geflogen war. Diesmal stieß nicht nur der Zar, sondern auch viele der Wächter kleine Schreie der Verzweiflung und des Staunens aus.

»Bravo, Gjog, bravo!« gratulierte Omer Tzatza dankbar.

Das Pferd schüttelte wieder seine prächtige Mähne, an der sich der Reiter weiter mit beiden Händen festklammerte. Und schnaubte zufrieden. Omer Tzatza hörte, wie der Mohr mit den Zähnen knirschte. Er platzte fast vor Wut. Diesmal werde ich dich mit Feuer füllen und dir für immer das verfluchte Maul stopfen, du Drache, murmelte Omer Tzatza drohend in sich hinein.

Er hielt sein Versprechen.

Gleichzeitig mit dem Schuß des jungen Ritters war ein markerschütterndes Geheule zu vernehmen, wie das Blöken eines abgestochenen Hammels. Der massige Leib des Mohren schlug mit schrecklichem Getöse auf das Pflaster. Der Stahl seiner schweren Rüstung knarrte schrill. Der Mohr hauchte seinen Geist aus.

Dem Zar und den Wächtern war alles Blut aus den Gesichtern gewichen. Sie atmeten mühsam.

Omer Tzatza wandte sich an den Zaren:

»Nun gib den Befehl, daß man meinen Vater bringt! Hierher! Sofort!« Sein Ton ließ keinen Widerspruch zu.

Die Lippen des Zaren waren wie versiegelt. Er konnte nicht antworteten. Er starrte den unerwarteten Sieger nur an, als sei er närrisch geworden.

»Gib den Befehl, daß man meinen Vater herbringt! Sofort! Sonst setze ich alles in Flammen.«

»Omer, Omer, Junge!« Es war die Mutter, die ihn an der Schulter rüttelte.

Den letzten Befehl hatte Omer Tzatza laut ausgesprochen.

Noch ehe er die Augen öffnete, wußte Omer Tzatza, daß seine Mutter weinte. Wie heiß ihre Tränen waren!

VII

Die Tränen der Mutter tropften auf das Gesicht des Jungen. Ein sengender Regen. Omer Tzatza kam auf der Stelle zu sich. Die Mutter sprach wieder mit ihm. Um ihn zu beruhigen.

»Warum weinst du?« fragte der Junge zurück.

»Ich weine nicht«, widersetzte sie sich.

»Du weinst doch.«

»Das sieht nur so aus. Meine Augen sind noch verquollen, weil ich aus dem Schlaf aufgeschreckt bin.« Damit ließ es die Mutter bewenden. Auch Omer Tzatza drang nicht weiter in sie. Er kannte den Grund. Zwischen ihnen gab es eine stille Verabredung, einander nicht zu sehr weh zu tun.

Anfänglich war es die Mutter zufrieden, daß der Junge schwieg.

Später dann nicht mehr, als das Schweigen anhielt, ohne daß der Schlaf des Sohnes damit verschmolzen wäre.

Schließlich hielt sie es nicht mehr aus und sagte:

»Warum schläfst du nicht, Omer?«

»Und du, warum schläfst du nicht?«

Ihr leichtes Lachen war bitter, und sie ließ mit der Antwort ein wenig auf sich warten:

»Eine Mutter schläft immer nach ihrem Sohn ein.«

Omer Tzatza murmelte etwas vor sich hin.

Geraume Zeit belauerten sie einander, wie sie sich auf dem Bett hin und her wälzten, mehr mit den gespitzten Ohren als mit den Augen.

»Ich bin eine alte Frau und komme mit wenig Schlaf aus«, setzte die Mutter endlich hinzu. »Du dagegen brauchst zum Wachsen viel Schlaf.«

»Ich habe genug geschlafen«, meinte Omer Tzatza. »Es reicht mir.« Eigentlich wollte er hinzusetzen, daß er schon groß genug sei. Er war ja nun ein Mann.

»Schlaf nur, schlaf«, fuhr sie fort. »Morgen mußt du ausgeruht sein.«

Omer Tzatza antwortete nicht. Und auch die Mutter wiederholte ihren Vorschlag nicht.

Trotzdem, die Ankündigung der Mutter, daß er morgen ausgeruht sein mußte, hallte noch lange in seinem Kopf wider. Die Mühe herauszufinden, was ihn denn morgen so Ermüdendes erwartete, erschöpfte ihn. Immer wieder nickte er ein. Und Bruchstücke des eben geträumten Traumes vermischten sich mit den frischen Bildern. Dann schüttelte er sich und sagte zu sich selbst: Sei doch kein Dummkopf! Bringe die Dinge nicht durcheinander! Du wirst dich mit niemandem duellieren. Dort, wo du hingehst, gibt es keinen Zaren und keinen schwarzen Mohren. Was also soll ermüden?

Er stellte sich diese Frage ein paarmal. Aber der Mutter sagte er nichts.

Nach dem Frühstück im Hause Sali Vështis machten sich Mutter und Sohn auf den Weg zur alten Festung der Stadt. Dort befand sich schon seit der Zeit der Türkenherrschaft das Gefängnis.

Auf halbem Weg fingen dem Jungen die Knie an schwach zu werden. Eine Erschöpfung, eine Hitze breitete sich in seinem Körper aus.

In seinem Kopf flatterten alle möglichen Gedanken umher. Ganze Scharen. Wie die Hühner, wenn morgens der Schlag geöffnet wird und alle auf einmal ins Freie wollen. Aber jedes versperrt dem anderen den Weg, so daß keines hinauskommt. So schaffte es auch Omer Tzatza nicht, irgendeinen Gedanken fertigzudenken. Alles ging durcheinander.

Die Straße wand sich zwischen den ummauerten Höfen

der Häuser in einer leichten Steigung bergan. Das Burg-Gefängnis befand sich auf einem Hügel am Rand der Stadt. Mit der Steigung nahm auch die Beklemmung des Jungen zu. Nebel sammelte sich in seinem Kopf, und die Kräfte schwanden aus seinem Körper. Irgendwo ging ihm die Luft aus, und die Beine wollten ihm nicht mehr gehorchen. Er mußte seine Mutter um eine Rast bitten.

Sie war einverstanden. In dem schwachen Lächeln, mit dem sie ihn musterte, schwang Sorge mit.

»Du warst ja ganz blaß«, sagte sie zu dem Jungen, als sie den Eindruck hatte, daß es ihm wieder besser ging. »Was ist denn gewesen?«

In Wahrheit war ihr Ton nicht fragend. Ihr Ton war bitter. Omer Tzatza hätte keine Antwort gewußt. Die Mutter konnte sich den Grund für den Schwächeanfall des Sohnes bestimmt vorstellen. Beide waren sehr bedrückt.

»Sei nicht kindisch!« fuhr sie fort. »Du bist nun ein Mann. Dein Vater wird sich sehr freuen, wenn er dich sieht. Reiß dich zusammen, sei ein Mann bei ihm, das gibt ihm Kraft. Und das hat er dringend nötig, daß du ihm Kraft gibst. Ihm das Herz stark machst.«

Omer Tzatza fragte nicht, wie man einem Mann mit einem Drachenherzen das Herz stark machen konnte.

Sie machten sich wieder auf den Weg. Die Arme gespannt von der Last der Taschen, die Schultern gekrümmt, zwang die Mutter ihren Körper voran. Omer Tzatza folgte ihr schwankend.

Sein Kopf war nun viel klarer. Aber ein Gedanke kreiste

unentwegt darin herum: Weshalb hatte es der Vater nötig, daß er ihm Kraft gab? Nach dem Urteil seines Sohnes war Oso Tzatza die Kraft in Person. Er vermochte jeden Unhold in Angst und Schrecken zu versetzen, nicht der Sohn. Er, nicht der Sohn, konnte Himmel und Erde durcheinanderschütteln, wenn ihn die Wut packte. Die ganze Gendarmerie, mit dem König an der Spitze, war in Furcht vor Oso Tzatza. Das war alles, was Omer Tzatza über seinen Vater wußte. Er wußte nicht, was sein Vater für Augen und Haare hatte, wie er sprach und ging. Nichts, gar nichts wußte er davon. Man hielt seinen Vater in Kerkern eingesperrt, deren Mauern so dick waren, daß nicht einmal das Burggeschütz sie spalten konnte. Soviel wußte Omer Tzatza von seinem Vater.

Und soviel war genug.

Und seine Vorstellungskraft sagte ihm, daß solch übernatürliche Kräfte nur in einem großen Leib Platz fanden, so groß, daß er nicht durch eine gewöhnliche Tür paßte.

Sich die Kraft des Vaters in Gedanken gründlich auszumalen, beruhigte den Jungen. Sein Vater mit dem Drachenherzen erwartete nicht, daß der Sohn ihm das Herz stärkte. Die Mutter hatte das einfach so dahingesagt, nur damit etwas geredet war. Wie oft war es ihm selbst schon passiert, daß er Dinge daherschwatzte, die er keinem hätte erklären können, der ihn danach fragte!

Omer Tzatzas Unglück war, daß er der eigenen Vorstellung von des Vaters Erscheinung unerschütterlich vertraute.

Sein Vater glich keineswegs einem Giganten. Als er ihn sah, erlebte Omer Tzatza eine bittere Enttäuschung, eine tiefe und hoffnungslose Bestürzung.

Der Gendarm, der das äußere Burgtor bewachte, wußte schon Bescheid über den Besuch von Oso Tzatzas Frau und Sohn. Der Gendarm blickte grimmig. Aber mit Omer Tzatza und seiner Mutter machte er keine langen Umschweife. Gerade, daß er sie fragte, wer sie seien, dann gab er sie an einen anderen Gendarmen weiter. Auch der zweite hielt sich nicht mit Fragen auf. Er sagte nur trocken:

»Folgt mir und schaut euch nicht um!«

Mutter und Sohn folgten ihm schweigend. Die Mutter wie immer voraus, der Sohn dahinter.

Als sie den Innenhof der Festung betraten, befiel Omer Tzatza erneut heiße Ungeduld und drückende Beklemmung. Der Hof hatte die Größe eines Ziegenpferches. Über den Umfassungsmauern ragte hoch ein Stacheldrahtzaun auf. Ringsum gab es nichts anderes zu sehen. Omer Tzatza verstand, daß der Ratschlag des Gendarmen gut gemeint gewesen war. Der Stacheldraht schloß sich fest um seine Kehle. Wirklich, man schaute besser gar nicht hin. Noch besser, man hätte gar nichts von seiner Existenz gewußt. Er fürchtete, seine Füße würden ihn nicht weitertragen.

Der Raum, in dem Omer Tzatza seinem Vater begegnen sollte, lag im Erdgeschoß. Ein kleines Zimmer, an der Seite bloß eine lange Bank aus Holzbohlen.

Omer Tzatza und sein Mutter warteten schweigend, den

Blick auf den Boden gerichtet, als fürchteten sie sich voreinander.

»Öffne die Beutel«, wandte sich der Gendarm an die Mutter.

»Weshalb?« gab die zurück. »Ich habe nichts Verbotenes dabei. Ich habe etwas zu essen gebracht und ein paar Kleider zum Wechseln, wie ich von euch Bescheid erhielt.«

»Auf damit!« wiederholte der Gendarm kurz angebunden. »Es ist Vorschrift, daß alle Sachen von politischen Häftlingen kontrolliert werden.«

Die politischen Häftlinge, wiederholte Omer Tzatza bei sich, ganz benommen. Die Häftlinge waren also in politische und andere eingeteilt. Nur bei den politischen wurden die Taschen kontrolliert. Der Grund war klar. Nur vor den politischen Gefangenen hatten sie Angst. Die politischen Gefangenen waren anders. Das heißt stärker. Und zu ihnen gehörte sein Vater. In Omer Tzatza stieg erneut ein Gefühl der Bewunderung hoch. Er bedauerte, daß seine Mutter sich nicht weiter wehrte.

Sie schlug die Beutel auf. Omer Tzatza beobachtete mit erloschenem Blick die steifen, verkrampften Bewegungen der Mutter. Ihre Starre war ein schlechtes Zeichen. Hatte sie womöglich Angst? Aber das konnte doch unmöglich Furcht vor dem Gendarmen sein. Etwas anderes nagte an ihr. Was würde geschehen? Omer Tzatza wußte nicht, was er zu tun hatte, um dem unsichtbaren Unheil, das auf ihn zukam, vorzubeugen.

Der Gendarm griff in den ersten Beutel. Die Mutter

lächelte spötttisch, als er ein hartgekochtes Ei von allen Seiten betrachtete.

»Das stammt von einer Henne«, sagte sie.

Omer Tzatza fiel es schwer, stillzuhalten.

Der Gendarm erwiderte:

»Hat dich einer gefragt?«

»Du solltest es aufmachen, guter Mann. Nachschauen, ob nicht vielleicht eine Bombe drin ist«, redete die Mutter weiter.

Omer Tzatza merkte, wie wütend sie war.

»Du bist nicht hier, um Leute zu verspotten«, sagte der Gendarm.

»Ich spotte gar nicht, ich will nur, daß die Vorschriften eingehalten werden.«

»Halte uns nicht auf mit deinem leeren Gerede!« setzte der Gendarm einen Schlußpunkt unter die Unterhaltung.

Die Mutter ließ es dabei bewenden. Aber ihr Zorn war noch nicht verraucht. Mutter und Sohn wurden fast verrückt vor Ungeduld. Der Gendarm indessen ging ungerührt seiner Arbeit nach. Er packte all die Lebensmittel und frischgewaschenen Kleidungsstücke aus.

»Fertig!« verkündete er schließlich.

Er bekam keine Antwort. Omer Tzatza hatte den Eindruck, daß er auch gar keine erwartete. Der Gendarm hatte niemanden direkt angeredet.

Einen kurzen Moment später waren auf dem Flur Schritte zu vernehmen, und in der engen Tür tauchte eine schmale Männergestalt auf. Wie festgewurzelt blieb der

Mann auf der Schwelle stehen und tat keinen Schritt auf die Besucher zu. Ein tiefes, schmerzliches Schluchzen ging durch ihn hindurch, was allerdings nur am Zittern seines Kinns zu erkennen war. Angestrengt preßte er seine Kiefer aufeinander. Omer Tzatza hatte den Eindruck, als fielen alle Glieder des Ankömmlings auf einmal auseinander. Ein Eindruck, der ihn nur neugierig machte. Mit was hatten wohl einzelne Glieder Ähnlichkeit?

Die Mutter faßte sich als erste. Sie setzte eine fröhliche Miene auf, räusperte sich und sagte:

»Auf, Oso Tzatza! Ich habe deinen Sohn großgezogen, siehst du? Ich habe einen Mann aus Omer gemacht und ihn dir gebracht.«

Wo hat sie nur die Kraft hergenommen? fragte sich Omer Tzatza später oft. Er selber stand wie erstarrt vor dem elenden Bild von Mann. Er begriff nicht, weshalb man ihn in den Raum gebracht hatte, in dem er auf seinen Vater wartete. Verschwommen hatte er die Mutter den Namen Oso Tzatza nennen hören. Bestimmt hatte sie den Gendarmen gefragt, warum der Vater so lange auf sich warten ließ.

»Andere Gespräche als über familiäre Dinge sind strengstens verboten«, ordnete der Gendarm an.

Omer Tzatza war alleine mit seinen beiden Eltern. Es war das erste Mal, daß er beide zusammen sah. Das hieß: der Mann dort gegenüber war sein Vater. Oso Tzatza. Wie sehr er der Mutter glich. Dabei hätte es ganz anders sein müssen. Völlig anders.

Der Vater zögerte einen Augenblick, wem er sich zuerst zuwenden sollte. Dann trat er zu seiner Frau. Das schuldbewußte Lächeln, mit dem er dem Jungen für seine Wahl Abbitte tun wollte, mißlang. Erstickte im Schluchzen. Dicke Tränen strömten über seine Wangen.

»Ich hatte sogar vergessen, wie man weint«, sagte er schließlich.

Omer Tzatza musterte ihn mit einem verwunderten Blick. Kann denn jemand vergessen, wie man weint? Und außerdem, was ist schon dabei, wenn er es vergißt? Männer haben nicht zu weinen, niemals.

Auch die Mutter irrte, als sie sagte:

»Weine nur, dann wird dir leichter ums Herz.«

Er sprach weiter:

»Ach, was hatte ich doch für eine Sehnsucht!«

Und dann noch einmal:

»Was hatte ich doch für eine Sehnsucht! Ich bin ganz ausgebrannt vor lauter Sehnsucht.«

Omer Tzatza wollte fragen, nach was er sich gesehnt hatte, nach dem Weinen?

Auch die Mutter weinte still. Weinte und lachte und wischte mit der Hand die Tränen des Vaters weg. Omer Tzatza hockte auf der hölzernen Bank. Regungslos. Stumm. Ganz fremd. Starrte die beiden an. Seine Hände lagen auf den Knien, als habe er sie dort vergessen.

Das war auch noch so, als der Vater sich aus den Armen der Mutter löste und sich ihm erwartungsvoll zuwandte. Was wollte der? Warum sah er ihn so an?

»Willst du mich nicht umarmen? Hast du gar keine Sehnsucht?«

Das war aus dem Mund des Mannes gekommen, den die Mutter Oso Tzatza nannte.

Wieso soll ich ihn umarmen? Warum soll ich Sehnsucht haben? fragte sich Omer Tzatza schweigend. Immer noch wie festgewachsen auf der Holzbank. Mit erstarrtem Blick. Die Hände auf den Knien vergessen.

Oso Tzatza beugte sich zögernd herab und küßte den Jungen auf die Stirn. Dann auf die Haare. Wie kalt seine Lippen waren! Ein Zittern überlief Omer Tzatza. Doch er verharrte, ohne sich zu rühren.

Die Mutter griff ein:

»Laß den Jungen erst einmal zu sich kommen! Wir sind schon alt und noch immer nicht zu Verstand gekommen.«

Der Vater schaffte es schließlich doch noch, das schuldbewußte Lächeln aufzusetzen. Die übermäßig weiße Haut seines Gesichts brachte schneeigen Nebel in Omer Tzatzas Blick. Nicht das schuldbewußte Lächeln des Vaters zog Omer Tzatzas Interesse auf sich, sondern seine drei ausgebrochenen Schneidezähne. Das unnatürliche Weiß der Haut und die drei schwarzen Löcher an der Stelle der ausgebrochenen Zähne. Das war der ganze Kopf des Vaters. Wo waren nur die funkensprühenden Augen?

Oso Tzatza fragte die Mutter etwas, und diese fing an zu antworten. Ihre Stimme hatte sich ein wenig beruhigt. Omer Tzatza hörte noch immer nicht auf das, was um ihn herum gesagt wurde. Etwas anderes beschäftigte ihn. Er maß den Körper des Mannes, der vorgab, sein Vater zu sein, mit seinem Blick. Der armselige Kerl! dachte Omer Tzatza verächtlich. Das soll der Gigant sein, der Himmel und Erde durch sein Gebrüll erbeben läßt?! Das soll der Mensch mit dem Drachenherzen sein?! Wie soll aus dieser Brust, unter deren Haut sich die Rippen wie dünne Kinderfinger abzeichnen, überhaupt ein Gebrüll dringen?! Wo ist der starke Arm, der Skanderbegs Schwert schwingt, Gjerg Elez Alias Keule, der im Wald Felsen und Eichen ausreißt wie Muji?! Wo sind die langen Beine, die beim Aufbruch in den Kampf nicht wie die der anderen auf schmalen Pfaden schreiten, sondern darüber hinwegfliegen, von Berggipfel zu Berggipfel?! Wo? Wo? Wo?

Nirgendwo?

Oso Tzatza ertrug das Warten nicht mehr:

»Wieso umarmst du deinen Vater nicht, mein kleiner Held?«

Zum ersten Mal bedeutete der Mutter Blick dem Sohn: Geh zu ihm!

Omer Tzatza war wieder nicht imstande, den Befehl der Mutter zu befolgen.

Da konnte sie nicht mehr anders, als zu sagen:

»Aha! War also alles umsonst bei dir. Wenn wir erst zu Hause sind, dann gehst du wieder die Kälber hüten und spielst mit den Kindern Verstecken. Da gehörst du hin, nicht unter die Männer.«

»Wer ist das bloß?« wandte sich Omer Tzatza an seine Mutter, als habe er ihren Tadel nicht gehört. Er wies mit dem Finger auf den dritten Anwesenden im kaffeebraunen Drillich. Seine Jacke hatte keine Knöpfe. Omer Tzatza war zum Lachen zumute. Und er lachte. Er stellte sich den Träger der Montur, man sollte ihn ruhig Oso Tzatza nennen, warum auch nicht, dabei vor, wie er sich die Knöpfe abriß. »Ha, was für ein zorniger Recke!« rief Omer Tzatza unter Lachen und rannte zur Tür.

ZWEITES BUCH

I

Linda sollte am Spätnachmittag des zweiten Samstags im April eintreffen.

Ich hatte mir bis ins Detail zurechtgelegt, was ich ihr sagen, wie ich mich ihr gegenüber verhalten, wie ich sie liebkosen, ihr meine Dankbarkeit bekunden wollte. Ich mußte ständig an die Begegnung denken, die mein Vater und mein Großvater sechzig Jahre zuvor unter ähnlichen Voraussetzungen gehabt hatten, und so tat ich mich sehr schwer mit der Frage, wie ich Linda empfangen sollte. Angst und Beklemmung verursachte bei mir vor allem die Kenntnis von dem unheilbaren Schock, den mein Vater Omer Tzatza erlitten hatte. Ein paar Augenblicke hatten genügt, um Oso Tzatza endgültig den Sohn und Omer Tzatza den Vater zu nehmen. Zwischen ihnen hatte nicht der Tod gestanden, sondern das Gefängnis, so wie nun zwischen mir und Linda. Ich, Bardhyl Tzatza, kurz Luli gerufen, Oso Tzatzas Enkel und Omer Tzatzas Sohn, wollte meine Frau auf keinen Fall verlieren.

Wir würden gemeinsam einen Teil des Nachmittags verbringen, den Abend und die Nacht. Für mich war die Nacht am wichtigsten: wir würden uns lieben. Ich hatte mich darauf vorbereitet, Linda glücklich zu machen, ihr ein neues Glück zu schenken, was mir zugegebenermaßen nicht ganz leicht gefallen war. Ich hatte bei mir einen enormen Bestand an erotischen Phantasien entdeckt. Nicht nur in den Stunden der Bettruhe brachen sie unkontrolliert über mich herein, sondern auch während der Spaziergänge im engen Lagerhof und sogar bei der Arbeit tief unter Tage. Licht und Dunkelheit stimulierten mein Gehirn gleichermaßen. Für einen Häftling schleicht die Zeit immer. Seit mein Treffen mit Linda feststand, war sie für mich praktisch stehengeblieben. Ich hatte zu erkennen, daß es nichts Unheilvolleres gibt als solche Phantasien. Sie rufen Streß hervor, eine anhaltende Nervosität, die man auf seine Umwelt nicht ableiten kann. Dies gilt vor allem für mich, der ich es niemals gelernt habe, die Dinge anders als in ihrer konkreten Greifbarkeit zu erfassen. Linda hat sich schon immer darüber beklagt. Du hast keinen Funken Phantasie! sagte sie. Daß ich unter dem Mangel an dieser Qualität keineswegs litt, steigerte noch ihr Mißfallen.

Ich hatte tausend gute Gründe, mich auf das Wiedersehen mit Linda zu freuen. Der wesentliche Grund war aber, daß ich ihr gegenüber ein völlig anderes Verhalten an den Tag legen wollte, als sie es von mir gewohnt war. Sie würde zu guter Letzt doch noch dem phantasievollen Träumer begegnen, nach dem sie sich sehnte.

Ich habe mich im Alter von fast dreißig Jahren in Linda verliebt, und sie wollte mir nicht glauben, daß sie die erste Frau in meinem Leben war. Schämst du dich nicht? neckte sie mich, und ihrem Ton schwangen sowohl Stolz als auch heimlicher Unglauben mit. So vermurkst bist du nun auch wieder nicht, daß dir keine Mädchen gefallen. Schließlich hast du ja auch ein Auge auf mich geworfen. Sie lachte kokett. Und daß du vor lauter Traditionalismus deine Jungfräulichkeit unbedingt in die Hochzeitsnacht retten möchtest, kann ich mir auch nicht vorstellen. Sie lachte wieder, diesmal ziemlich geziert. Ich wußte ja, männliche Schönheit zeichnete mich nicht unbedingt aus. Aber verschmäht hatten mich die Mädchen deshalb trotzdem noch nie. Auch was den Traditionalismus anging, irrte Linda nicht. Über Jungfräulichkeit und derlei Tugenden hatte ich mir nie den Kopf zerbrochen. Die einzige Erklärung war Linda selbst. Sie war die erste Frau, von der ich mich als Mann wirklich angezogen gefühlt hatte. Und zwar blitzartig und total. Deshalb schämte ich mich meiner Vergangenheit nicht, was ihren Zweifel an meiner adoleszenten Aufrichtigkeit vielleicht noch erhöhte. Doch sie ließ sich dadurch nicht beirren. Seit dieser goldenen Zeit ist fast ein Jahrzehnt vergangen. Sie ist die einzige Frau in meinem Leben geblieben. Ich liebe sie immer noch mit der gleichen Leidenschaft. Nie bin ich bei einer anderen Frau auch nur schwankend geworden. Gleichwohl hat mich etwas Unerklärliches, das nicht in meinem Charakter zu suchen ist, wie ich glaube, ständig daran gehindert, sanft und liebevoll mit ihr umzugehen, ihr meine Gefühle zu offenbaren und die Zärtlichkeit zu schenken, die eine Frau, der man sein Glück verdankt, eigentlich verdiente.

Ich schaffte es einfach nicht, ihr zu zeigen, wie glücklich ich mich in ihrer Gegenwart fühlte. Nicht nur einmal hat Linda zum Ausdruck gebracht, daß mein ewiges Schweigen ihr Schuldgefühle bereitete. Aber ich hatte einfach nicht das Ohr dafür. Die sechs Monate der Trennung von ihr, vor allem aber die drei Monate seit dem Urteil und der Einweisung ins Arbeitslager, haben mir mein ungerechtes Verhalten ihr gegenüber bewußt gemacht. Wie geduldig sie doch immer wieder mit mir gewesen ist.

Tatsächlich hat Linda meinen Hauptfehler zu Unrecht im Mangel an Phantasie gesehen. Es gab bei mir noch eine sehr viel negativere Eigenschaft: den Mangel an Selbsterkenntnis. Aber sie vermochte eben auch nicht so tief in mich hineinzublicken. In der Art, wie wir gemeinsam vor uns hin lebten, waren wir uns sehr ähnlich. Der einzige Unterschied war vielleicht Lindas unstillbarer Hunger nach Freude. Instinktiv versuchte sie, in unserer engen Wohnung eine eigene kleine Welt zu schaffen, die mit all dem, das uns umgab, nichts zu tun hatte. In diesen zweiundvierzig Quadratmetern, die uns allein gehörten, sollte Freude herrschen. Wenigstens die Illusion von Freude. Heute frage ich mich: War dies ihre Kapitulation vor der Einsamkeit? Ganz sicher, aber auch das gerade Gegenteil, nämlich das nachhaltige Bemühen, an unserer Türschwelle eine unüberwindliche Barriere gegen die Einsamkeit aufzurichten. Meistens hatte sie Erfolg.

Zu dieser Erkenntnis bin ich erst später gekommen. Damals konnte ich es nicht erkennen. Ich versank von Tag zu Tag mehr in Erstarrung. Meine stumme Depression führte sie auf ihr eigenes Versagen als Ehefrau zurück. Niemals suchte Linda die Schuld bei mir. Sie wollte mich einfach nicht in die Position des Schuldigen drängen. Sie erhoffte sich von mir mehr Phantasie, weil sie über die Phasen meines unerträglichen Schweigens hinwegkommen wollte.

Heute meine ich, daß sie damit recht hatte. Gemeinsam hätten wir es leichter geschafft, jene Schicht von Illusion zu erzeugen, derer besonders ich bedurfte. Ich betone noch einmal: ich vor allem hatte diese Schicht von Illusion nötig, auch wenn Linda es war, die sich darum bemühte. Sie selber war ja immun gegen das Gefühl absoluter Sinnlosigkeit, das mich jahrelang gefoltert hat.

Wie lang sechs Monate im Leben eines Menschen sein können! Sechs Monate ohne Linda sind unerträglich lang. Sie sind ein ganzes Leben. Ich hoffte, daß die eine Nacht, die Linda in meinen Armen verbringen würde, genug wäre, um sie von der Veränderung zu überzeugen, die ich in ihrer Abwesenheit durchgemacht hatte. Diese Trennung war ja nicht zu vergleichen mit einer Dienstreise. Oder Urlaub. Nicht einmal mit einem langwierigen Krankenhausaufenthalt nach einer gefährlichen Infektion. Zwischen uns stand das Gefängnis. Schlimmer noch: das politische Gefängnis.

Diese Zeit im Gefängnis hatte für mich nicht nur mannigfache Leiden bedeutet, ich war auch gezwungen worden, mich selbst zu erkennen. Den Menschen kennenzulernen, der sich wirklich unter meiner Haut verbarg. Selbsterkenntnis war für mich nun Pflicht. Linda hatte schon seit langem ihr Bild von mir. Meine Eltern ebenfalls. So auch die Freunde. Selbst die Polizei hatte eine feste Meinung von mir, man konnte sie in der Anklageschrift nachlesen. Nur ich hatte bis dahin keine klare Vorstellung davon gehabt, wer dieser Bardhyl Tzatza oder kurz Luli wirklich war.

Das Urteil der anderen über mich war in sich nicht übereinstimmend. Ich war zur Einsicht gelangt, daß es auch in Zukunft nicht einhellig sein würde, nachdem ich alle meine Vorzüge und Schwächen abgewogen hatte. Linda, meine Eltern, ihre Eltern, die Verwandten und Freunde, alle würden an ihrem Bild von mir festhalten. Zweifellos werde ich auch für die Polizei bis zu meinem Ende eine unerfreuliche Erscheinung bleiben. Nur, daß es für Polizei und Staatsanwälte nun wirklich starke Gründe dafür gibt: Ich kenne mich nämlich jetzt selbst. Die Uneinheitlichkeit des Urteils der anderen über mich war nur normal. Für die Zukunft stand ich vor der Aufgabe, mir unter ihrer ständigen Beobachtung durch geschicktes Lavieren eine sichere, mit meinen moralischen Grundsätzen aber dennoch vereinbare Existenz aufzubauen. Vor wem mußte ich mich durch Schweigen schützen, wen dagegen erbarmungslos attackieren, wem mich vorbehaltlos öffnen?

Vielleicht zum ersten Mal in unserem gemeinsamen Leben würde ich in dieser Nacht den Vorstellungen entsprechen, die Linda schon immer von ihrem Ehemann gehabt hatte. Der Beginn eines neuen Glücks! Eine solche Nacht konnte ungemein wichtig sein. Noch durfte ich mir nicht ausmalen, wie wir beide, Linda und ich, uns einmal an diese Nacht der Liebe zurückerinnern würden. Erst einmal mußte ich dafür sorgen, daß alles gut ging. Ich war besessen von der Angst, irgendein Detail nicht richtig bedacht zu haben.

In meinem Kopf hatte ich den gesamten Bestand der albanischen Sprache an Kosewörtern katalogisiert. Viele davon stammten aus einem alten Buch mit Volksliedern. Vorher waren sie mir völlig unbekannt gewesen. Die übrigen las ich in Lyrikbänden auf, die zu lesen ich vorher ebenfalls keine Gelegenheit gehabt hatte. Es war schon ziemlich paradox, daß ausgerechnet in den Gefängnissen und Arbeitslagern, in denen die geschworenen Feinde des Regimes eingesperrt waren, Bücher zu finden waren, die aus den Regalen der öffentlichen Bibliotheken schon längst verbannt waren und deren Lektüre man als der gesellschaftlichen Moral abträglich verboten hatte. Wie es hieß, waren sie die Hinterlassenschaft der in Ketten gestorbenen Priester. Andererseits bekundete das Gefängniskommando offen seine Verachtung für diese Bücher, was draußen nicht der Fall war. Ich fragte mich schließlich, ob unsere Schergen vielleicht davon ausgingen, daß wir, die Leser, dieser Hölle sowieso niemals entrinnen würden. Daß dieser verheerende Verdacht sich nicht ganz meines Gehirns bemächtigte, war nur der Vorfreude auf Linda zu verdanken, die mich restlos ausfüllte. Ich wäre sonst wahrscheinlich verrückt geworden.

Bei der stillen Erforschung dieser Redensarten war ich auf einige überaus seltsame politische Analysen gekommen, die außerhalb des Gefängnisses für mich unvorstellbar gewesen wären. Ich bin ja kein kulturbeflissener Mensch. Zu den gefährlichsten herrschaftssichernden Eingriffen der Diktatur gehörte der an der Nationalsprache. Seit vielen Jahren arbeitete man daran, und zwar diskret, also weitgehend ohne den Erlaß von Anweisungen und Gesetzen, aus der Alltagssprache der Bürger allmählich die Begriffe zu entfernen, die das Gemüt ansprachen und Gefühle weckten. Der bombastische Stil der Reden des FÜHRERS hatte ein Lied, ein Gedicht nach dem anderen erobert, sogar die Schulaufsätze der Kinder, und dies erwies sich als die geeignetste Methode, auch die Unterhaltungen von Eltern und Kindern, zwischen Verliebten und Freunden schleichend zu annektieren. Ihre persönlichsten Empfindungen, Schmerz, Liebe, Trauer, die intimen Nöte, all das, was den Menschen zum Menschen macht, sollte allmählich verstummen und dann absterben wie die Blumen im Spätherbst, wenn die Sonne ihre Kraft verloren hat. Bis es dann nach dem Wechsel der Generationen im Menschen keine Herde mehr geben würde, aus denen solche Gefühle entstehen können. Das war dann der sogenannte neue Mensch. Das war dann die Katastrophe. In den engen Wohnungen würden dann nachts keine Stimmen trauriger Frauen mehr zu vernehmen sein, die ihren Männern sehnsüchtig zuflüsterten: Ach, sei doch bitte etwas phantasievoller! Frauenstimmen würden scharf sein, gebieterisch: Übe gefälligst Selbstkritik!

Ich war auf Lindas Besuch bestens vorbereitet. Sie brauchte nur zuhören, um mit mir in den strahlenden Himmel unseres gemeinsamen Traumes zu entschweben.

Bei der Genehmigungserteilung befahl mir der Lagerkommandant in seinem üblichen groben Ton, mit meiner Frau nicht über das Gefängnisleben zu sprechen. Da wird nicht über Politik getuschelt, verstanden?! Ich erstarrte.

Sechzig Jahre zuvor hatten Omer Tzatza und seine Mutter den gleichen Befehl bekommen. Nichts hatte sich seither geändert. Auch Linda würde ihn erhalten. Was für Spuren würde er bei ihr hinterlassen? Von hier aus drohte der Fehlschlag. Schnell löste ich mich aus meiner Erstarrung und willigte ein. Der Lagerkommandant war zufrieden.

»Das ist ein guter Anfang, du beginnst dich zu ändern«, gratulierte er mir.

Ich nickte unwillkürlich.

Der Kommandant nahm es als Zeichen der Dankbarkeit und war noch zufriedener. Aber auch ich erlebte eine kleine Genugtuung: Es war mir gelungen, ihn hinters Licht zu führen, wenn auch ohne Absicht. Ich ließ ihm seine Freude über meinen vermeintlichen Gesinnungswandel.

Im wesentlichen Punkt hatte ich ihn allerdings tatsächlich nicht getäuscht: Ich hatte keineswegs die Absicht, mit Linda über den Gefängnisalltag zu reden. Die Veränderung an mir konnte ihr nicht entgehen. Nicht, was der Gefängniskommandant von mir erwartete. Es ging um die Veränderung, die ich mir selber abgetrotzt hatte. Für Leidensschilderungen war kein Platz. Ich hatte mit Linda noch nie über Politik geredet. Nicht, weil ich ihr etwas hatte verheimlichen wollen. Sie war mir nur viel zu zart für so grobe Dinge vorgekommen. Erst recht würde ich jetzt nicht darüber reden, da ich es kaum erwarten konnte, ihr die Bezeugungen meiner wahnsinnigen Liebe zu geben, auf die sie so viele Jahre hatte warten müssen.

Drei Monate lang sehnte ich die Begegnung in ängstlicher Ungeduld herbei. Für die Vergünstigung einer Nacht mit Linda hatte ich alle Launen der Lageroffiziere bereitwillig über mich ergehen, mir alle möglichen Demütigungen von ihnen gefallen lassen, und mit der Geduld eines Maulesels war ich allen Reibereien mit Mithäftlingen aus dem Weg gegangen. Die Nacht mit meiner Frau war es mir wert. Zu verschmelzen mit ihrem glühenden Leib! O Herr, laß diese Nacht ewig währen! Allerdings wäre ich besonders in letzter Zeit ruhiger gewesen, hätte ich nicht dauernd an Oso Tzatza denken müssen. Alle möglichen gräßlichen Verdachte stiegen in mir auf und brachten die Gewißheit ins Wanken, daß alles nach Wunsch laufen würde. Oso Tzatza hatte zehn Jahre lang auf die Begegnung mit Frau und Sohn warten müssen. Und er hatte dafür fraglos die gleichen Zugeständnisse gemacht.

Während ich Lindas Besuch entgegenfieberte, wurde ich unzählige Male daran erinnert, daß jene, die uns ins Gefängnis gesperrt hatten, nicht bloß grausam, sondern auch heimtückisch waren. War dieses Zimmer, in dem jeder von uns einmal im Monat mit seiner Frau schlafen durfte (Wohlverhalten vorausgesetzt), nicht auch nur ein gemeiner Trick, um uns kleinzukriegen? Ich konnte es ja an mir selber feststellen. In den Tagen, in denen ich darauf wartete, mit Linda in diesem Zimmer eingeschlossen zu werden, war mir schon die Fähigkeit abhanden gekommen, Kränkung zu empfinden. Die schwere Arbeit im Bergwerk nahm ich klaglos hin. Eine Art Besoffenheit machte mich unempfindlich gegen Erschöpfung, Hunger, Durst. Kurz:

Ich lebte irgendwo, wo mich die erdrückende Gefängnisatmosphäre nicht erreichte. Den übrigen erging es ohne Frage nicht anders. Diejenigen, die an unseren Ketten zogen, wußten um die besondere Macht der Frau über einen Häftling. Das machte ihr Spiel noch niederträchtiger.

Wenige Tage vor Lindas Besuch befiel mich eine wahnsinnige Sorge, was meine körperliche Sauberkeit anging. Wir schliefen zu sechzigst in einer großen Baracke. In der Kantine aßen dreihundert Leute zusammen. Alle wuschen sich selten, vielleicht einmal in der Woche oder dreimal im Monat. Mir war, als habe sich in jeder Pore meiner Haut ein Gestank festgesetzt, in dem sich mein eigener Körpergeruch mit den Ausdünstungen der anderen und dem dicken Küchendunst mischte. Es war schrecklich. Meine bloße Annäherung würde in Linda nackten Ekel auslösen. Vielleicht würde sie sich sogar übergeben müssen. Sinnesreizungen dieser Art ist auch die größte Liebe nicht gewachsen. Ich konnte Linda wirklich keine Vorwurf machen, wenn sie sich von mir abgestoßen fühlte. Ich selbst wäre nie zu Zärtlichkeiten einer Frau gegenüber fähig gewesen, die nicht angenehm roch. Oder wenigstens gar nicht roch. Aber schlechter Geruch ... Darauf war nicht erst ich gekommen, sondern schon meine Vorfahren vor vielen Generationen. In den alten Liebesliedern, die ich eben gelesen hatte, vergaßen sie nie, das Aroma eines Mädchens zu erwähnen. Es war der Duft von Lindenblüten, Erdbeeren und frischer Milch, meistens aber von Quitten.

Ich selbst kenne keines dieser Aromen, ausgenommen

vielleicht die Lindenblüten. Historisch betrachtet, handelte es sich bei den Autoren dieser Lieder vorwiegend um Hirten. Erstaunlich, was für feine Sinne sie trotzdem gehabt haben. Sie kannten sich in Duftstoffen besser aus als heute die Parfümfabrikanten. Selbst mich, einen Bürger der zweiten Hälfte des zwanzigsten Jahrhunderts, promovierter Maschinenbauer, aufgewachsen in einer Kleinwohnung im vierten Geschoß eines Wohnblocks in Plattenbauweise, überlief beim Lesen ein süßer, sehnsüchtiger Schauder, ein aufregendes Kribbeln. Auch die Parfümierungsmethoden der damaligen Frauen gehören meiner Meinung nach zu den wichtigen Details. Den stärksten Duft legten sie auf ihre Lippen, was man in unserer heutigen zivilisierten Epoche nicht mehr kennt. Schade!

In den modernen Parfümen war und bin ich ebenfalls wenig beschlagen. Linda kam fast völlig ohne sie aus. Nicht nur, weil es keine zu kaufen gab. Auch nicht, weil sie ihr nicht gefielen. Aber es war für eine Frau äußerst gewagt, parfümiert zur Arbeit zu erscheinen, so wie es auch heikel war, geschminkt anzukommen. Als erstes hatte sie den Ruf der Liederlichkeit ab. Dann hielt man in unzähligen Sitzungen Gericht über sie. Sie wurde darüber aufgeklärt, daß die Bourgeoisie das Parfüm zu keinem anderen Zweck erfunden hatte, als den revolutionären Geist der Frau zu untergraben. Schutzlos waren in diesen Prozessen vor allem die Geistesarbeiterinnen, weil sie schon a priori verdächtig waren, dem Einfluß der reaktionären Propaganda nachzuhängen. Die Lebensart der albanischen Frau unterschied sich grundlegend von der Vergangenheit wie auch von dem enthemmten Lebensstil der Frauen jenseits der Landesgrenzen. Linda war nur eines von zigtausend Beispielen dafür, daß sich die Unterwerfung unter einen Zwang allmählich in ein persönliches Bedürfnis verwandelt. Daß man die Finger ließ von Parfüm, Lippenstift, Rouge oder auch Schmuck, bedeutete schlicht ein Problem weniger.

»Du solltest ein Parfüm benutzen«, wollte ich Linda in der Nacht der großen Liebe auffordern.

Und zwar von nun an regelmäßig. Das beste und teuerste war gerade gut genug. Die Reaktion der anderen mußte ihr kein Kopfzerbrechen bereiten. Ich würde ihr auch nicht verschweigen, daß Erdbeere, Lindenblüte und Quitte die attraktivsten Düfte waren. Schließlich war nicht erst ich darauf gekommen, daß einer Frau ohne angenehmen Duft etwas Wichtiges fehlte.

Es gab eine jener alten Anekdoten, wie sie nur im engen Freundeskreis erzählt werden, die sich mir besonders eingeprägt hatte. Normalerweise gefielen mir lustige Anekdoten. Diese war anders. Sie war so doppelbödig, daß einem das Lachen im Hals stecken blieb und stattdessen Beklemmung sich einstellte. Ein Politbüromitglied hat einen Pickel auf der Nase. Natürlich muß er sich gleich in Paris behandeln lassen. Beim Spaziergang auf dem Champs Elysée kommt er an einer Dame vorbei, die in eine Parfümwolke gehüllt ist. Was war das? fragt er den Botschafter, der ihn begleitet. Eine Frau, antwortet der nach einigem Zögern. Wenig später wiederholt sich das gleiche. Als das Politbüromitglied zum drittenmal die Antwort bekommt, bei dem soeben passierten Wesen handele es sich um eine Frau, fährt er den Botschafter an: Willst du behaupten, daß wir in Albanien Männer heiraten? Der sich so geäußert haben soll, ist ein Mann etwa im Alter meines Vaters. Die Hilfe der Pariser Ärzte nahm er in Anspruch, damit der Pickel auf seiner Nase ohne häßliche Narbe verheilte. Mir ist zum Schreien, wenn ich an diese Anekdote auch bloß denke: Wer hat Schuld, daß die Frauen inzwischen so gesichtslos, so rettungslos vermännlicht sind, daß es einem wehtut?

Trotzdem, mit einem Mann bin ich nicht gerade verheiratet. Linda hatte etwas wundervoll Delikates und Weibliches, das ihr eine ganz besondere Anmut verlieh, die nicht nur mich hinriß. Linda konnte Frau sein auch ohne Parfüm. Bei meinem Zornesausbruch eben bin ich über das Ziel hinausgeschossen. Ich wollte eigentlich nur betonen, wie sehr das Delikate im weitesten Sinne einer Frau angemessen ist, ohne es in Gegensatz zum Männlichen zu bringen, als sei einem Mann jede Barbarei zu gestatten. Ich bin inzwischen nämlich davon überzeugt, daß nicht nur unter gewöhnlichen, sondern auch unter außergewöhnlichen Bedingungen ein Mann über ausgeprägte Delikatesse verfügen sollte. Eben die aber ging meinem Leben im Schlafsaal, in der Kantine, im Bergwerk ab, ganz zu schweigen von der Regel, sich so selten zu waschen. Linda würde recht daran tun, meterweit vor mir zurückzuweichen.

Ich stank. Ich kann nichts dafür, würde ich ihr mit Tränen in den Augen zuflüstern. Aber wäre das genug, um den

Widerwillen zu vertreiben, der ihren Körper inzwischen einhüllen würde wie eine Wolke kleiner Mücken? Die Liebe ist stärker als der Tod, heißt es im »Lied der Lieder«. Die Leidenschaft beständiger als die Hölle. Ich zweifelte nicht im mindesten daran, daß dem alten Juden eine ewige Wahrheit zu verdanken war. Aber hätte er mit der gleichen Gewißheit behaupten können, daß Liebe und Leidenschaft auch den Sieg über den grenzenlosen Widerwillen und Ekel davontragen, den die üblen Ausdünstungen eines anderen Körpers bei uns hervorrufen?

Diese Frage konnte mir keiner beantworten. Wohl gab es da einen zeitgenössischen Dichter, den die Blätter ungemein rühmten. Seine Bücher gehörten zur Pflichtlektüre des politischen Häftlings. Irgendwo wandte er sich in seinen Versen an die Geliebte: »Trunken macht mich deines gesunden Schweißes Duft.« Dieser Behauptung vermochte ich keinerlei Glauben zu schenken. Vor allem, nachdem ich gerade erst die alten albanischen Poeten kennengelernt hatte, die trunken wurden vom Lindenblüten- oder Quittenduft eines geliebten Mädchens. Und es würde mich nicht in Erstaunen versetzen, wenn die zeitgenössischen Dichter auch noch ihre Trunkenheit bei einer Wanderung über ein Erdgasfeld besungen hätten. Die Gene der Inspiration sind böse degeneriert.

Ich kann doch nichts dafür, würde ich wiederholen. In einem Meter Abstand von Linda wie festgewurzelt. Meine Unschuld konnte ich auch beschwören. Schließlich hatte ich nichts unversucht gelassen, um den Gestank aus meiner

Haut herauszubekommen, der nun meine Därme und mich selbst mit jedem Augenblick mehr in Unruhe versetzte. Mir war, als röche ich ihn nicht nur mit meinem natürlichen Geruchssinn, sondern sähe ihn auch mit den Augen und hörte ihn mit den Ohren. Sogar mit Händen tasten konnte ich ihn. Gleichwohl vermochte ich ihn nicht zu definieren. Er glich nichts anderem. Aber auf meine Nerven und Drüsen wirkte er wie eine Lebensmittelvergiftung. Nur ohne Magenschmerzen. Überhaupt ohne Schmerzen, die ärztlicher Kunst zugänglich waren.

Selbstverständlich versuchte ich es zuerst mit Wasser und Seife. Wasser gab es genug, wenn auch nur eiskaltes Gebirgswasser, das selbst im Sommer wie ein Rasiermesser schnitt. Aber das war kein Grund zur Angst. Leider war die monatliche Seifenration völlig unzureichend. Oder genauer gesagt, sie reichte gerade für die drei oder vier vorgesehenen Duschen im Monat. Ich wollte mich aber von nun an täglich waschen. Möglichst sogar zweimal, dreimal oder viermal am Tag. Sooft es eben ging. Und genauso oft mußten Unterwäsche, Hemden, Hosen und Laken gewaschen werden. Glücklicherweise nahmen es die anderen Häftlinge mit der Reinlichkeit nicht ganz so genau, so daß sie von der Seife, die man uns gab, etwas übrig hatten. Ich fing an, es ihnen abzukaufen. Früher war ich mit der groben Seife unzufrieden gewesen. Das Soda brannte wie Feuer. Nach eben diesem Soda verzehrte ich mich nun in Sehnsucht.

Doch es dauerte nicht lange, bis alle meine Illusionen über die Wunderkraft der Seife verflogen waren. Zuerst gab ich dem kalten Wasser die Schuld. Es kann ja, sagte ich mir, auf den stinkenden Firnis, der meine Haut, meine Unterwäsche und die Bettücher bedeckte, unmöglich die gleiche Wirkung haben wie heißes Wasser. Alles berührte meinen Körper. Alles wurde von meinem Körper berührt. Und dem Dunst, der mich umgab. Am Badetag unter der Dusche konnte ich mich davon überzeugen, daß dem Übel mit heißem Wasser genausowenig beizukommen war.

Während die Tage so schnell vergingen wie nie zuvor in meinem Leben, und Lindas Besuch näherrückte, keimte in mir eine letzte Hoffnung. Wir arbeiteten in einem Kupferbergwerk. Die Bedingungen dort waren wie geschaffen dafür, die politischen Häftlinge durch Schmerzen zur Einsicht zu bringen. Damit sie von ihren impertinenten Ideen geheilt nach Hause zurückkamen. Falls sie das Ende der Strafe erlebten. Jemand hatte behauptet, das Wasser in den Stollen sei Mineralwasser. Mehr war nicht darüber zu erfahren. Die Zusammensetzung war noch nicht wissenschaftlich erforscht. Aber da es mit Kupfer und Pyrit zusammenwohnte, seit die Lava der Vulkane erkaltet war, denen diese Felsen ihre Schätze verdankten, hatte ich ausreichend Grund zu glauben, es sei von anderer Beschaffenheit als jenes, das aus den Wasserhähnen floß. Ohne längeres Nachdenken beschloß ich, mich damit zu säubern.

Das Unterfangen scheiterte natürlich. Schlimmer noch, der ganze verrückte Versuch stürzte mich in ein neues, ausweglose Dilemma. Als ich, nackt wie ein Wiedergänger, noch wütend an meinem ganzen Körper herumrubbelte, um ein wenig warm zu werden, war mir, als habe sich bereits der ganze Stollen mit meinen üblen Ausdünstungen gefüllt. Ich war an den Gestank der Kantine, in der wir aßen, des Schlafsaals, in dem wir schliefen, des Hofs, in dem wir unsere Kreise drehten, gewöhnt. Aber in diesen Tiefen waren Luft, Wasser und Fels bis dahin unverseucht gewesen. Der Grund sitzt nicht auf, sondern in deiner Haut, dachte ich verzweifelt. Dort, wo weder Seife noch Wasser, noch selbst der Teufel Zutritt haben.

Ich gab die verbissene Wascherei auf, denn inzwischen war ich fest davon überzeugt, daß ich mir in den sechs Monaten in Zellen und Arbeitslagern eine vertrackte Krankheit geholt hatte. Hier ging alles kaputt. Warum nicht auch mein Fleisch, mein Blut?! Es war bestimmt etwas viel Schlimmeres als schlechter Körpergeruch. Es war die Katastrophe. Wenn dies zutraf, mußte ich unverzüglich die Verabredung mit Linda absagen. Genausogut hätte ich mir das Herz aus dem Brustkorb reißen können. Aber es war unvermeidlich. Und es ging nicht nur um diese Verabredung. Ich würde meine Frau nie wiedersehen. Linda bedeutete mir zuviel, als daß ich sie einer solchen Gefahr aussetzen durfte. Selbst das kürzeste Zusammensein konnte ausreichen, um das todbringende Virus auf sie zu übertragen. Auch ihr Fleisch, ihr Blut würden sich zersetzen. Nein, das durfte auf keinen Fall geschehen! Das Wissen um Lindas Unversehrtheit mußte genug des Lohnes für meine Schmerzen sein, die durch ihre Abwesenheit noch potenziert wurden.

»Bei dir ist weder die Haut noch etwas darunter krank«, erklärte mir ein Arzt unter den Häftlingen, nachdem er sich die Symptome geduldig angehört hatte. »Deine Krankheit sitzt im Gehirn.« Er tippte mit dem Zeigefinger leicht gegen meine rechte Schläfe.

Das riß mich aus meinem Alptraum.

Natürlich duftete ich nicht gerade nach Erdbeeren oder Lindenblüten. Aber ich stank auch nicht. Schon gar nicht nach der ständigen, geradezu besessenen Reinigung von Körper und Kleidung. Linda konnte sich mir normal nähern. Das war nicht wenig, in dieser Hinsicht mußte ich mir erst einmal keine Sorgen machen. So wandte ich mich mit wachsender Begeisterung wieder meinen romantischen Sternenflügen zu.

Ein Zustand körperlicher und seelischer Erhitzung beeinträchtigte meine Wahrnehmungsfähigkeit derart, daß andere mögliche Entwicklungen als die vorhergesehene außerhalb meines Blickfelds blieben. Gerade unter schwierigen Umständen wird die Logik deutlich geschwächt und überläßt das Feld dem Traum, der kein anderes Ziel für seine Ausflüge kennt als das Reich der Blumen und der Harmonie.

Die letzte Chance, doch noch rechtzeitig zu mir zu kommen, gab mir einer der alten Häftlinge. Das war, als man mir bereits Lindas Ankunft gemeldet hatte, und ich atemlos zum Treffpunkt stürzte.

»Sei nicht zu übermütig, mein Freund!« rief er mir nach.

Ich blieb unwillkürlich stehen. Fast schuldbewußt.

»Denke fest daran, Luli. Du darfst nicht vergessen, warum sie dich hier eingesperrt haben!« fuhr er ruhig fort.

Ich warf ihm eine fassungslosen Blick zu. Was für ein unglaublicher Blödsinn! Dann fiel mir ein, daß der Lagerkommandant mir die gleiche Empfehlung mitgegeben hatte, wenn auch mit anderen Worten. Eine wirklich merkwürdige Koinzidenz. Aber ich hatte keine Zeit zum Nachdenken. Linda wartete auf mich. Sicher war das bloß ein Neidhammel, der mir die Freude verderben wollte. Aber diese Genugtuung würde ich ihm nicht bereiten. Ich wußte, daß in jeder Sekunde, die ich mich verspätete, jenseits des stacheldrahtbewehrten Eingangstors ihr Herz wie wahnsinnig pochte. Auch ihre Sehnsucht war groß. Auch sie hatte sich jedes Wort zurechtgelegt, das sie mir sagen wollte, auch sie hatte sich ausgemalt, wie sie mir gegenübertreten, mich liebkosen, wie wir uns lieben würden.

Man würde unseren Kontakt nur mit der Berührung zweier elektrisch aufgeladener Wolken vergleichen können. Wir würden die beiden ersten Lebenden sein, die zu Asche vergehen, um daraus als wahre Menschen mit göttlichen Wesenszügen wiederaufzuerstehen. Für mich und Linda waren der Vollendung keine Grenzen mehr gesetzt.

Das einzige, das wir beide nicht bedacht hatten, sollte das Glück dieser Nacht völlig zerstören. Gut, es war verständlich, daß wir uns im Streben nach ein wenig Freude etwas Wunderbares, aber leider völlig Unrealistisches ausgemalt hatten. Linda war allerdings hundertmal weniger vorzuwerfen als mir, daß sie das Unheil nicht vorhergesehen hatte. Beispielsweise hatte sie keiner darauf hingewiesen, in wessen Bett sie da kroch, nämlich das eines politischen Häftlings. Sie kam zu mir in der gleichen Unschuld wie vor sechzig Jahren Omer Tzatza zu seinem Vater. Wie alle, die keine Erfahrung mit dem Gefängnis haben, urteilte Linda normal, unkompliziert. Wie sollte sie auch ahnen können, wie heimtückisch die staatliche Vernunft in ihrer Wirkungsweise war. Ich respektiere das Gesetz. Mein Mann hat bei der Polizei einen schriftlichen Antrag gestellt, und die Genehmigung wurde erteilt. Doch selbst wenn sie vorgewarnt worden wäre, hätte sie den Warnungen denn Beachtung geschenkt? Wahrscheinlich hätte sie sich bloß geärgert. Wie können Sie es wagen? Es war ihr Ehemann, zu dem sie sich ins Bett legte. Das reichte. Sogar, um die absurden Umstände zu vergessen, unter denen wir uns trafen.

Wir waren beide wie besoffen vor Sehnsucht.

Der Durst unserer aufeinander zufiebernden Leiber und Seelen mußte sanft und allmählich gestillt werden, und dazu bedurfte es eines geruhsamen Verlaufs der Nacht. Wie ein bedächtiger Sommerregen den Durst der ausgedörrten Erde am besten löscht. Zuerst hatte ich wirklich geglaubt, dafür sei dieses Zimmer eingerichtet worden. Schließlich hatten Staat, Polizei, der Teufel nur Vorteile von der Beruhigung der Häftlingsnerven. Das war meine Ansicht, und sie beweist unterm Strich nur, wie naiv ich war. Ich war immer noch mit eselshafter Sturheit dabei, mir die Welt nach meinen donquichottesken Vorstellungen zurechtzumodeln. Oder anders ausgedrückt, ich fuhr fort, mich mit einer Hartnäckigkeit zu belügen, über die von allen Lebewesen dieser Welt nur der Esel verfügt.

Wie dem auch sei, ich neige immer noch zu der Annahme, daß meine Liebesnacht mit Linda durchaus harmonisch verlaufen wäre, hätten sie bei mir gleichfalls auf eine Warnung verzichtet, selbst wenn diese nur ganz beiläufig, fast selbstverständlich gewesen war. Beide, der Lagerkommandant und mein Leidensgenosse. Denn sechs Monate hatten gereicht, um bei mir einen Instinkt für die Gefahr auszubilden. Ihm konnte ich mich nicht entziehen, so sehr ich es versuchte. Willenskraft war noch nie meine stärkste Seite. Aber ich glaube, auch anderen, die sich ihrer Entschlossenheit rühmen, wäre es nicht besser ergangen. Das Gefängnis bricht jeden. Jeder macht die gleichen Handbewegungen, wenn er vom Wärter aufgefordert wird, sich Handschellen anlegen zu lassen. Freiheitsentzug räumt auf mit dem Mythos von der menschlichen Unbeugsamkeit. Der Gesichtsausdruck ist das einzige Merkmal zur Unterscheidung der Helden von den Opfern. Helden werden anders gebrochen als Opfer, so wie auch ihr Leben nicht vergleichbar ist. Weil Helden und Opfer vorübergehend die gleiche uniforme Kleidung tragen, und weil die Helden gegenüber den Opfern weit in der Minderzahl sind, ist der Unterschied nicht auf den ersten Blick zu erkennen. Man muß schon aufmerksam hinschauen. Aber das ist sehr wichtig. Sonst bemächtigen sich nämlich eines Tages die Opfer gewaltsam oder mit List und Tücke des Piedestals der Helden. Dann ist es aus mit dem Respekt für beide Parteien, und es entsteht Verwirrung, Verunsicherung, ein schreckliches Durcheinander in der ganzen Gesellschaft. Gerade Verunsicherung führt leicht zum Chaos.

Was die Psychologie von gesellschaftlichen Randgruppen anbelangt, so ist jene des politischen Häftlings, wie ich meine, am wenigsten durchleuchtet. Oder einfach am wenigsten bekannt. Soweit ich weiß, sind die Veränderungen in der Psychologie eines Menschen nach seiner Inhaftierung nie untersucht worden. Ist das Vergeßlichkeit oder Gleichgültigkeit? Oder etwas anderes, wesentlich Schwerwiegenderes? Kurz ausgedrückt: man braucht den Mythos der ehemaligen politischen Gefangenen, nicht ihre Wahrheit. Besonders nach dem Zusammenbruch von Diktaturen redet man viel und gern von der Vorreiterrolle der politischen Gefangenen beim Aufbau der Demokratie, man entwickelt echtes Pathos, wenn es darum geht, ihre Verdienste hervorzukehren oder ihre Leiden zu schildern, die schrecklicher scheinen als die des gekreuzigten Jesus Christus. Aber kaum jemand hält sich bei der Frage auf: Wie empfindlich reagiert das menschliche Gehirn auf den Rost, der in Gefängniszellen Tag und Nacht auf den Fenstergittern, den Bettgestellen, der Tür wächst, ja selbst der Nadel, die man zum Flicken seiner Sachen benötigt? Ich habe festgestellt, daß selbst die Wächter, die nur ein Drittel ihrer Zeit dort drinnen verbringen, dem Rost gegenüber wehrlos sind. Die Geschichte von Lindas Großvater, die ich erst später kennenlernen sollte, ist dafür nur ein Beispiel.

Selbstverständlich möchte ich mir nicht anmaßen, diese Frage zu beantworten. Ich kann nur von mir ausgehen und meine Geschichte erzählen, die eine von Tausenden ist. Unter solchen, was die menschliche Natur betrifft, abnormen Bedingungen ist unvermeidlich, was mir widerfuhr. Die lange Nacht mit Linda genügte, um mich zur Erkenntnis zu bringen, daß ich nicht mehr mit der gleichen stolzen Verachtung auf Gefahr reagierte wie früher. Das Selbstwertgefühl des freien Menschen basiert auf Mut. Das des Häftlings auf Angst. Paradoxerweise bewirkt der Entzug der Freiheit, daß man Gefahr zum ersten Mal einfach nur als Gefahr erfährt, als schlichte, nackte Gefahr. Eigentlich müßte ja genau das Gegenteil eintreten. Das Gefängnis ist das Unerwünschte per se. Man tut alles, um es zu vermeiden. Das heißt, es ist etwas, das ganz automatisch eine vielleicht vage, aber allgegenwärtige Furcht auslöst, die nur mit der Angst vor dem Tod vergleichbar ist. Deshalb versucht auch jeder hartnäckig, dieses Gefühl zu verbergen, sogar vor sich selbst. Nicht so sehr aus Scham, als aus der Notwendigkeit heraus, den angeknacksten Optimismus einigermaßen über die Runden zu retten.

Mut eignet sich zweifellos am besten zur Tarnung. Es handelt sich dabei wohl um jene Art von Kühnheit, die man gerne als »toll« bezeichnet. Es gibt kein Wort, das die eigentliche Verfassung eines verzweifelten Menschen besser benennt, eines Menschen, der unter allen Umständen zuerst sich selber und dann auch den anderen beweisen möchte, daß er unablässig vorwärtsschreitet und die Fallen, die ihm das Leben stellt, zur Seite fegt wie ein Kind seine Bausteine. Den meisten Menschen fällt es schwer, sich anders denn als Sieger zu sehen. Nicht deshalb, weil sie sich über etwas hinwegtrösten möchten. Nein, hier geht es um eine schlichte Selbsttäuschung, die mit der dicken Dosis Größenwahn korrespondiert, die jeder schon bei der Geburt mitbekommt. Deshalb ist sie ihm so sympathisch. Und weil sie ihm sympathischer ist als alles andere zusammen, hält er sie schließlich sogar für die Wahrheit. Dann geschieht es, daß die Maske des Mutes zur Gesichtshaut wird. Aber eine Maske bleibt sie dennoch. Die Angst, die so unsterblich ist wie der Tod, verkriecht sich irgendwo, wo man sie nicht sieht, aber nur, um geduldig auf den Augenblick zu warten, da sie ihre Herrschaft errichten kann.

Normalerweise würde man annehmen, daß dies im Gefängnis nicht der Fall sein kann. Der gesunde Menschenverstand sagt einem, daß das Gefängnis eigentlich ein Ort sein müßte, wo Angst keinen Sinn mehr macht. Du hast die Freiheit verloren, dein behagliches Zuhause, das warme Ehebett, die Treffen mit den Freunden, die Sendungen im Fernsehen, die lauten Cafés, die stillen Abendspaziergänge. Kurz: du hast alles verloren, was das alltägliche Leben überhaupt lebenswert macht. Was bliebe da noch übrig?

Die Frage ist falsch gestellt.

Marx würde sagen, man habe nichts mehr zu verlieren als seine Ketten.

Marx vergißt wie viele andere, daß es noch die Hoffnung zu verteidigen gilt. Im Elend gibt es bekanntlich nichts Wertvolleres als die Hoffnung. Die Angst, sie zu verlieren, ist keine Angst. Dahinter verbirgt sich nur der unglaubliche Selbsterhaltungstrieb des Menschen. Das ist dann wahrer Mut. Daran ist kein Fünkchen Abenteurertum. Man weiß ja um die Folgen. Das ist Mut, der rettet.

Ich selbst sollte diese neue Tugend, die ich im Laufe der Zeit entwickelte, noch zu schätzen lernen, wie immer allerdings mit großer Verspätung. Das liegt daran, daß ich immer nur auf eine Art imstande bin, meine Gefühle auszuleben. Es ist die primäre, überaus simple Art, die sich in den immergleichen naiven Symbolen artikuliert, die in mir seit meiner Kindheit verwurzelt sind. So konkretisierte sich zum Beispiel während der traurigen Nacht mit Linda die Angst vor dem Verlust meiner wesentlichen Bindung an die Freiheit in einer Fliege, die irgendwo tief in meinem Ohr umhersummte. Die widerwärtigen kleinen Insektenbeine krallten sich in meine Nerven, sooft mich mein Instinkt dazu trieb, einen Augenblick lang die Augen zu schließen und die geradezu surrealistischen Umstände zu vergessen, unter denen ich meiner angetrauten Ehefrau zu begegnen hatte.

Die Warnung des Lagerkommandanten, vor allem aber des alten Häftlings, schrillten genau in dem Moment in meinem Schädel auf wie eine ohrenbetäubende Alarmglocke, als ich und Linda blindlings versuchten, uns gegenseitig die Kleider vom Leib zu reißen. Wir hatten uns eine Weile lang stürmisch geküßt, und unsere Leiber waren so erhitzt, daß wir keine Kleidung mehr auf der Haut ertrugen. Beide keuchten wir heftig. Rangen um Atem. Mir dröhnten die Schläfen, meine Lippen brannten, meine Finger zitterten. Woher kam nur diese ferne, fast nicht zu verstehende Stimme?

»Denke fest daran ...!«

»Ich denke ja daran«, preßte ich hastig hervor. Mein Schweiß kühlte schlagartig ab.

Unwillkürlich hatte ich laut gedacht. Aber ich hatte entschlossen geantwortet, fest von meinem pflichtbewußten Verhalten überzeugt. In den paar Worten, die ich mit Linda gewechselt hatte, war gar kein Platz für Politik gewesen. Eigentlich überhaupt kein Platz für irgendein Thema. Wir hatten uns gegenseitig nach unserem Befinden erkundigt. Aber auch das war mehr oder weniger im Freudengestammel untergegangen. Bis zum Morgen würde sich daran vermutlich nichts ändern. Vermutlich würde sich eine Woche, einen Monat, ein Leben lang nichts ändern, wenn man uns nicht wieder aus diesem Zimmer herausholte. Wir hatten gar keine Zeit, uns große Gedanken zu machen. Kein Grund also für den Lagerkommandanten und den alten Mithäftling, sich Sorgen zu machen. Wobei diese Bedenken ja von unterschiedlichen Voraussetzungen ausgingen. Der eine wollte die Geheimnisse unseres Gefängnisalltags wahren. Dafür wurde er bezahlt. Aus der Welt, in der wir lebten, durfte keine andere Nachricht als die von unserem Tod nach draußen gelangen. Je rätselhafter diese Welt war, desto bedrohlicher der Schatten, den sie warf. Das Gleichgewicht der Gesellschaft, in die es mich verschlagen hatte, hing gewissermaßen von dem Schatten ab, den das Gefängnis warf. Dem zweiten Warner ging es um meine Sicherheit. Auch er tat nur seine Pflicht. Doch kaum hatte mich Lindas Gegenwart hier in diesem Zimmer in einen glühenden Schauder versetzt, entstanden plötzlich ganz neue Befürchtungen in mir, die meine Körperflüssigkeiten sofort wieder zum Erkalten brachten.

»Was hast du?« riß mich Linda aus meinen Gedanken.

Ihre Stimme war sanft. Aus ihrem Blick sprach mitleidiges Erstaunen. Aber weder Stimme noch Blick waren fragend. Die Empfindungen, die ich bei ihr hervorgerufen hatte, gefielen mir gar nicht. Erstaunen und Mitleid schaffen Distanz.

Was sich auch sofort zeigte. Warum war ich nur so unbedacht gewesen? Verlegen stammelte ich etwas vor mich hin. Mir war noch gar nicht aufgefallen, daß das schon ziemlich betagte Holzbett, auf dem wir lagen, ständig leise, aber jämmerlich knarrte.

Was hatte ich?

»Sie könnten einem aber auch wirklich ein besseres Bett geben!« Irgend etwas mußte ich ja sagen. Vage hoffte ich, der Alptraum sei damit beendet.

Vergeblich.

»Wieso, ist das Bett denn so wichtig?« Linda war befremdet. Schwer lag sie auf mir. Sie fragte nicht noch einmal, was ich hatte.

Obwohl wir noch nicht völlig entkleidet waren, verbrannte mich ihre Haut fast. Im wahrsten Sinn des Wortes. Das war mir noch nie passiert. Eine verzehrende Hitze durchdrang mich, die nichts gemein hatte mit der Wärme des Leibs einer begehrten Frau. Tief in mir, vielleicht auch in Linda, hatte sich plötzlich etwas verändert: Erstarrung setzte ein. Zunächst war mir noch nicht klar, bei wem sich etwas verändert hatte, bei mir oder bei Linda. Daß es uns beide gleichzeitig getroffen haben könnte, schien mir unmöglich. Entweder entbehrte Lindas körperliche Annäherung an mich der gewohnten Zärtlichkeit, oder mir war die Fähigkeit abhanden gekommen, sie zu empfinden. Fest stand, daß bei einem von uns eine Erstarrung eingesetzt hatte, auf die meine Muskeln und Nerven gefährlich verändert reagierten.

»Natürlich ist das Bett wichtig!« erwiderte ich, nun meinerseits befremdet. Die Gleichgültigkeit dem Bett gegenüber nahm ich ihr nicht ab. Wahrscheinlich war es wieder nur Mitleid.

Mitgefühl habe ich noch nie ertragen. Es ist für mich, was das Verhältnis der Menschen zueinander angeht, nur dazu da, Minderwertigkeitskomplexe hervorzurufen. Jetzt aber war es mir erst recht unerträglich. Nicht aus verletztem Stolz. Wenn Linda nur aus Mitleid gekommen war, um die Nacht mit mir zu verbringen, dann war das ein schwerer Fehler. Die Gleichgültigkeit dem Bett gegenüber nahm ich ihr deshalb nicht ab, weil ich genau wußte, welche Bedeutung der Platz der Liebe für sie hatte. Schon gleich zu Beginn unserer Beziehung hatte sie mehr Kommodität erstrebt, als sie Parks zu bieten vermögen. Linda war kein Mensch, der sich in sechs Monaten völlig verändert. Aber ich konnte und wollte auch nicht glauben, daß Lindas Liebe zu mir nach kaum sechs Monaten schon erloschen war. Oder sich doch grundlegend verändert hatte.

Ich merkte, daß Linda mich die ganze Zeit beobachtete. Ihr Blick war nun nicht mehr mitleidig. Dafür um so erstaunter. Ich atmete erleichtert auf. Linda hatte schließlich allen Grund zu staunen. Ich selbst hätte mich nicht weniger gewundert, wenn ich sie plötzlich bei Selbstgesprächen ertappt hätte. Außerdem, überlegte ich mir, kann Staunen der Liebe durchaus zuträglich sein. Es verführt zur Neugier auf die geheimnisvollen Seiten des Partners. Meine Hoffnung kehrte wieder. Sie würde mich in dieser Nacht glücklich machen. Kein Grund aufzugeben.

Linda bewegte sich ein wenig, gerade soviel, daß wir uns nicht mehr berührten. Überall dort, wo unsere Körper in Kontakt gewesen waren, schien sich meine Haut abzulösen. Ich hatte den übermächtigen Wunsch, sie wieder an mich zu ziehen. Aber noch stärker war meine Zaghaftigkeit.

Wenn mir doch nur eine Möglichkeit eingefallen wäre, wie ich ihr erklären konnte, was ich beachten mußte, zu was ich mich verpflichtet hatte, und wem gegenüber. Dann wäre der bedrohliche Schatten von unserem Glück in dieser Nacht genommen gewesen. Bestimmt würde sie dann laut hinauslachen. Schon ihre Miene allein würde die Sorgen des Lagerkommandanten ad absurdum führen. Die Fürsorglichkeit des alten Mithäftlings würde sie hingegen rühren. Wie man Menschen nur so zerstören kann, würde sie mit Tränen in den Augen sagen. Weder lachen noch gerührt sein würde sie, wenn ich ihr erklärte, was für neue Befürchtungen die Warnungen bei mir hervorgerufen hatten. Wahrscheinlich würde ihre Stimmung umschlagen, und die lähmende Angst würde auch auf sie übergreifen. Ich wußte nicht genau, ob es dem kurzen Glück, das ich mir von unserer gemeinsamen Nacht versprach, eher förderlich oder abträglich war, daß mich meine Blockade daran hinderte, offen mit Linda zu sprechen. Mochte kommen, was wollte! Es mußte einfach zu meiner Zufriedenheit sein.

Meine Bemerkung mit dem Bett hatte sich einfach so ergeben. Dahinter steckte keinerlei Überlegung. Ich hätte mich genausogut auch über den geschmacklos rosaroten Anstrich der Wände beklagen können, das Tischchen in der Ecke oder die groben, verschossenen Vorhänge. Über alles in diesem Raum. Objekt und Name bemächtigten sich meines Gehirns erst, als mir das Wort schon über die Lippen gerutscht war. Das Knarren der wurmstichigen Bohlen und Latten war mir eigentlich ziemlich egal. In dem Zustand, in dem ich mich nach sechs Monaten Gefängnis befand, hätte ich es mir mit Linda gerne auch auf einer Kanone bequem gemacht und mich selbst durch Dauerfeuer nicht bei der Liebe stören lassen. Vor mir entstand verschwommen das Bild eines Holzwurms (ich hatte noch nie einen zu Gesicht bekommen und folglich keine Ahnung, wie er aussah), der sich langsam, aber hartnäckig durch die Maserung der alten Bretter fraß, und mir war plötzlich, als summte eine Fliege in meinem Ohr. Wie sollte ich Linda bloß verständlich machen, daß ich sie in diesem primitiven Gefängnisbett einfach nicht umarmen konnte, auch wenn die Laken frisch gewaschen waren? Jeder Mann, der schon einmal in einer solchen Zwickmühle gesteckt hat, darf sich meines Mitgefühls sicher sein! Ich quälte mich ab, haderte mit mir selbst, es nützte alles nichts. Leichenkälte hatte mein Fleisch befallen, besonders an den Oberschenkeln, dem Unterbauch, den Lenden und Lippen.

Linda starrte mich unverwandt an. In ihr Erstaunen mischte sich eine Art mürrischer Anteilnahme. Ich begriff allerdings, daß die Verstimmung nicht mir galt, denn sie war nicht zornig. Das tröstete mich ein wenig. Es blieb die vage Hoffnung, daß noch etwas zu retten wäre. Ich streckte die Arme aus und faßte sie ziemlich grob an der Taille. Linda sank mir sofort entgegen. Ihr Körper glühte noch immer. Für einen Moment vergaß ich den Raum, in dem wir uns befanden. Die Fliege in meinem Ohr verstummte. Vielleicht ließ sie sich ja ganz zum Schweigen bringen. In meiner Erregung fing ich an, meine Frau überallhin zu küssen, nicht nur auf die entblößten Stellen, sondern auch über der Kleidung. Ein schwaches Beben ging durch Lindas gespannten Leib. Sie gab ein schwaches Stöhnen von sich. So kannte ich sie. Dieses Stöhnen gehörte zu einer bestimmten Phase unseres Liebesspiels. Es war, als entweiche eine kleine Dampfwolke ihrer prallen Brust. Doch zum ersten Mal war es nicht das Startsignal für meine Instinkte. Im Gegenteil, es wirkte auf mich wie ein Keulenhieb.

»Nicht!« stieß ich gepreßt hervor. Ich war erschreckt. Es ging über meine Kraft.

Aber Linda war nicht mehr imstande, solche Gefühlsbewegungen richtig zu deuten. Sie legte sie einfach zu ihren Gunsten aus. Dagegen war nichts zu sagen. Aber was war mit mir, der ich etwas ganz anderes brauchte?! Linda lachte, löste sich in einer koketten Drehung von mir und fing an, sich das Kleid vom Leib zu zerren. Ich hatte nicht die Kraft, ihr Einhalt zu gebieten. Die glatte Haut ihrer runden, prallen Brüste, ihr ganzer Leib dampfte schwach. Die Luft im Raum war nicht mehr Luft zu nennen. Das Pochen meiner Schläfen sagte mir, daß jeden Augenblick die Wände bersten und einstürzen konnten. Nackt und bloß würden wir uns inmitten von Trümmern wiederfinden. Wie nach einem schrecklichen Erdbeben.

Als sie sich schließlich entblößt hatte, bemerkte Linda, daß ich meinen Pflichten nicht nachgekommen war. Soviel konnte sie wahrnehmen. Der unentwegt von ihrem Leib aufsteigende Dampfschleier verhinderte ein sicheres Erkennen meiner Erstarrung. Nicht allein, daß ich noch bekleidet war, ich hatte auch in unwillkürlicher Verteidigung beide Arme vor der Brust verschränkt. Das heftige Pochen in den Schläfen hatte die Fliege tief in meinem

Ohr aufgeweckt. Ihre Füßchen waren nun nicht mehr gar so klein. Sie wurden zu Klauen und bohrten sich wie glühende Zangen in die dünnen Stränge meiner Nerven. Die nur noch in ihre eigene leuchtende Haut gekleidete Linda wanderte als Stern über einen fernen Orbit, zu dem für mich kein Weg führte. Besonders nicht in diesem Moment.

»Was tust du denn da?« fragte sie mich munter, was mich nur noch nervöser machte. Unerträglich, wie sie nur an sich dachte. Mit was für Vorstellungen im Kopf war sie nur hergekommen? Meine panischen Gefühle interessierten sie jedenfalls überhaupt nicht. »Was machst du da?« wiederholte sie im gleichen sorglosen Ton. »Betest du?« Ihr Kinn wies auf meine gekreuzten Arme.

Jetzt, dachte ich, wird es endgültig Zeit, ihr indirekt etwas klarzumachen. Es ging nicht mehr anders, ich mußte sie auf den Boden zurückholen, in den Raum, der uns für diese ersehnte Nacht zu zweit zugewiesen war, damit sie sich kühlen Blutes bei mir anlehnte. Die Vorstellung, eine Frau, der ich so leidenschaftlich verbunden war, kaltblütig zu lieben, jagte mir einen Schauder über den Rücken. Wie befriedigend! Ich seufzte.

»Du weißt, ich bete nie«, erwiderte ich schroff. Ihren Scherz konnte ich durchaus nicht amüsant finden.

»Was dann?!« Ich spürte ihren Blick auf meinen verschränkten Armen.

»Ich muß mich schützen.« Ich wußte, das war keine Erklärung. Aber mir fiel nichts anderes ein.

»Ohhh ...« gab sie in kokettem Erstaunen zurück. Meine Arme lösten sich unter ihrem Blick. Ihre Augen verloren sich in der Dunkelheit.

»Ich schütze mich, wirklich« wiederholte ich.

»Vor wem fürchtest du dich denn? Vor mir?« Ihre Augen kehrten an ihren alten Platz zurück und starrten mich entsetzt an.

»Vor dem Teufel.« Ich zwang mich zu einem festen Ton, schließlich sollte sie ernst nehmen, was ich sagte.

Linda unterließ die Frage, ob ich sie womöglich mit dem Teufel in Verbindung brächte, was mich in der Hoffnung bestärkte, mein Ziel doch noch erreichen zu können. Sie hatte meine Antwort nicht wörtlich genommen. Aber auch nicht als Witz. Die Tür zur Verständigung hatte sich einen Spaltbreit geöffnet. Sie würde mich von meinem Krampf befreien. Das heißt, es bestand noch eine gewisse Aussicht auf die ersehnten Wonnen dieser Nacht.

Wenn meine Frau und ich schon früher einen Weg gefunden gehabt hätten, uns wortlos zu verständigen, wäre alles leichter gewesen. Wir lebten seit so vielen Jahren zusammen. Wir hätten genug Zeit gehabt, eine oder auch zehn solcher stummen Sprachen zu entwickeln. Gut, niemand hatte voraussehen können, daß wir eines Tages zu wortloser Verständigung genötigt sein würden. Aber warum waren wir nicht in einer verliebten Laune darauf gekommen? Meine Gewissensbisse stellten sich wieder ein. Wie oft hatte sich Linda über meinen Mangel an Phantasie beklagt. Vielleicht wäre mir etwas eingefallen, hätte ich nur auf Linda gehört. Möglicherweise hätten wir es uns sogar sparen können, einen eigenen Kodex auszuarbeiten, wenn wir einfach auf die bereits eingeführte Taubstummensprache zurückgegriffen hätten. Mit zehn Fingern lassen sich selbst die komplexesten philosophischen Botschaften vermitteln. Ich hatte zehn Finger. Linda gleichfalls. Mein Ingenieursberuf hatte auch mir nicht auf die Sprünge geholfen. Eigentlich hätte mir auffallen müssen, daß ich nicht die volle Leistungsfähigkeit eines so nützlichen Körperteils wie der Hand ausschöpfte. Bei seinem Aufruf zur Selbsterkenntnis war es jenem alten Griechen bestimmt auch um das gegangen, was ich so sträflich vernachlässigt hatte: die multifunktionale Aktivierung eines jeglichen Körperteils. So bezeugt man dem menschlichen Körper den gebührenden Respekt und stellt unter Beweis, daß er tatsächlich die perfekteste Maschine ist.

Leider entdeckte ich sofort zwei gehörige Nachteile der Taubstummensprache.

Unter normalen Verhältnissen hätte ich Liebesgeflüster in Form von Gebärden ziemlich wenig erregend gefunden. Es war einfach kein Liebesgeflüster. Mindestens bei mir vermochte das Auge Botschaften nicht dorthin zu transportieren, wo die zarten Gefühle knospen. Es bedurfte auch noch der Mitwirkung des Ohres. Die Sinngenauigkeit einer Meldung ist nicht genug, um Gefühle in Gang zu setzen. Daß es grünt, macht eine Jahreszeit noch nicht zum Frühling. Im Licht der März-, April- und Maisonne strotzen Bäume und Wiesen in einem ganz anderen Grün als im Sommer und Herbst. Gleiches gilt auch für die feuchte Frische der Erde, das Tirilieren der Vögel, das Winseln der Hunde, die Züge der Ameisen. Eine Menge von Details, von denen keines vernachlässigt werden darf, machen das aus, was man im figurativen Sinn als Atmosphäre bezeichnet. Liebesgeturtel unter Ausschluß des Ohres hätte mein ganzes Ich in totengleicher Stille erstarren lassen. Nein, so ging das nicht. Nur durch Herumfuchteln in der Luft vermochten Linda und ich die Ströme nicht aufeinander zu übertragen, die in uns knisterten. Oder unsere Liebe selbst hätte sich verändert. Ich hatte überhaupt keine Lust, mir diese Veränderung vorzustellen.

Außerdem wäre die Gebärdensprache der Taubstummen zum gegebenen Zeitpunkt bestimmt nicht das Richtige gewesen, um Linda unauffällig etwas mitzuteilen. Für diejenigen, vor denen ich etwas zu verbergen hatte, war sie lesbar. Aber selbst wenn es uns gelungen wäre, einen ganz eigenen Code zu entwickeln, hätten wir Verdacht erregt. Warum ist denn nichts zu hören? Sie schlafen nicht. Was treiben sie dann? Sofort hätten Nachforschungen in meinem und Lindas Umfeld begonnen, die mangels anderer Anhaltspunkte als unser nachhaltiges Schweigen ziemlich kompliziert verlaufen mußten. Das alleinige Beweismittel Schweigen hätte die mit der Analyse unserer absurden Konspiration betrauten Ermittlungsbeamten vor eine unbegrenzte Anzahl von Deutungsmöglichkeiten gestellt. Aber den Ermittlern das Leben schwer gemacht zu haben, wäre dennoch kein Grund zum Triumphieren gewesen. Mir hätte man noch ein paar zusätzliche Jahre Gefängnis aufgebrummt. Nun gut! Aber auch Lindas Leben hätte wahrscheinlich eine unkalkulierbare Wendung genommen. Das durfte nicht sein. Ein solches Opfer wäre durch nichts zu rechtfertigen gewesen.

Glücklicherweise erwies sich die spontane Erwähnung des Teufels als genau die richtige Methode, es Linda zu erklären. Eine Erklärung war auf alle Fälle nötig, um ihr klarzumachen, daß wir etwas tun mußten, um unser Glück über diese Nacht zu retten. Gelang es mir nicht, bis zum Morgen Schaden davon abzuwenden, würde ich die Folgen kaum überstehen. Mir drohte ein Debakel, das alle Qualen in der Zelle und im Lager übertraf. War dieser Raum für »spezielle Begegnungen«, wie er in der Amtssprache hieß, womöglich nur eine andere Art von Folterinstrument?

Wie alle meine Hoffnungen dieses Abends hatte auch die auf eine Kommunikation mit Linda vermittels hintergründiger Ausdrucksmittel nicht lange Bestand. Sie fragte mich zwar nicht, ob ich ihr einen Zusammenhang oder eine Ähnlichkeit mit dem Teufel unterstellen wolle. Und sie faßte meine Antwort nicht als Scherz auf. Aber das nützte auch nichts. Sie las etwas aus meiner Äußerung heraus, das ich absolut nicht hatte sagen wollen. Gurrend lachte sie und beugte sich mit einer unglaublich weiblichen Bewegung ihres Nackens über mich. Das Lachen schien sie noch mehr zu erregen. Eingetaucht in ihre Hitze, vergaß ich wieder für einen Moment meine Situation. Ich vergaß alles. Durfte aber wunderbarerweise entdecken, daß Lindas Haut mit der Hitze überall glatt und weich wurde, an den Waden, zwischen den Schenkeln, auf dem Bauch, am Hals, auf den Lippen. Nur noch kurz, und die Trunkenheit hätte vollends mein Gehirn vernebelt. Schade, daß es nicht dazu kam! Welch eine Liebesnacht wäre mir vergönnt gewesen! In meinem Zustand hätte mir ein wenig Liebe mit Linda so gutgetan wie einem Leukämiekranken das neue Blut.

Leider machte Linda alles zunichte. Nicht, daß sie mich wieder zur Besinnung gebracht hätte. Aber sie war nun voll in Schwung. Die Fliege in meinem Ohr schreckte aus dem Schlaf und bohrte ihre tausend Krallen wie glühende Zangen in meine Nervenstränge.

»Hast du im Gefängnis gelernt, wie man sich mit angezogenen Hosen liebt?«

Mit ihrer spöttischen Bemerkung wollte Linda erreichen, daß ich mich endlich auszog. Sie hatte ja recht. Ich vergeudete auf sträfliche Weise unser bißchen mühsam eroberte Zeit. Außerdem ließ ihre Nacktheit mein eigenes Aussehen geradezu grotesk erscheinen. Lachte sie, um den Druck von mir zu nehmen, oder lachte sie mich aus? Wenn sie lachte, um mir zu helfen, dann war es vergebens! Wenn sie wegen meines grotesken Anblicks lachte, war es egal! Auf keinen Fall aber hätte sie das Wort »Gefängnis« in den Mund nehmen dürfen. Ob nun aus Achtlosigkeit oder Unwissenheit, auf jeden Fall hatte sie auf verhängnisvolle Weise das erotische mit dem politischen Vokabular vermischt. Daran war natürlich hauptsächlich ich schuld. Der Sonnenglanz ihrer Haut hatte meine Sinne verwirrt! Ich hatte völlig vergessen, daß ich nicht nur hier war, um mich ihrer Gegenwart zu erfreuen, sondern auch, um sie zu beschützen. Die Fliege in meinem Ohr schien sich vorgenommen zu haben, die Nervenstränge dort gewaltsam auszureißen. Wo warst du denn gerade? wandte ich mich schweigend, doch voller Zorn und Enttäuschung an das unsichtbare Insekt, wie an einen alten Freund, der einen in der Not im Stich gelassen hat.

Während dieser rauschhaften Momente hatte Linda vermutlich heftig gekeucht und gewisse erstickte, zwischen Schreien und Stöhnen angesiedelte Laute ausgestoßen. Ich vielleicht ebenfalls. Warum ich denn nicht?! Erinnern konnte ich mich an nichts. An rein gar nichts. Unterm Strich war es völlig belanglos, ob in meinem Gehirn etwas hängen geblieben war oder nicht. Wichtig war, was sich fünfzig oder hundert Meter entfernt im Gehirn des ANDEREN festgesetzt hatte.

Linda war nicht mehr zu halten. Sie griff nach den Knöpfen an meiner Hose. Daß ich keinen Gürtel anhatte, erleichterte ihr die Arbeit. Aus Sicherheitsgründen war es uns nicht erlaubt, Gürtel zu tragen. Angeblich bevorzugten die Häftlinge das Erhängen, wenn es darum ging, sich unbegrenzte Zeit zum Ausruhen zu verschaffen. Das Sterben war uns strengstens verboten. Wie alle Mittel, die geeignet gewesen wären, unsere Qualen zu verkürzen.

Immer noch lachend, sagte sie:

»Bis ich diese neue Methode auch gelernt habe, müssen wir es schon auf die traditionelle Weise tun ...«

Linda wußte, wie sehr mich ihre Berührungen an dieser Stelle erregten. Was sie allerdings nicht wissen konnte, war, daß mir auf einmal meine gesamte Empfindungsfähigkeit abhanden gekommen war. Ich hätte heulen können vor Wut. Die Monate des Eremitendaseins hatten mich stark verändert. Allerdings hatte ich vorgehabt, meiner Frau eine Veränderung ganz anderer Art zu demonstrieren. Ich befand mich im Zustand des Verfalls.

Ein letzter Trost blieb mir. Er war notdürftig, geradezu lächerlich, aber immerhin akzeptierte ich ihn als Trost. Linda hatte das Gefängnis nicht wieder erwähnt. Sie hatte ihren Fehler korrigiert. Das politische Vokabular war nicht mehr durch das erotische entehrt. Das halbe Übel war beseitigt. Die zweite Hälfte war allerdings kaum mehr aus der Welt zu schaffen. Lindas heftiges Keuchen, ihr leises, langgezogenes Stöhnen. Meines dazu. Alchimistisch mit dem ihren gemixt ...

O Gott! Es war, als hätte ich soeben meine kostbare Jungfräulichkeit verloren. Das war nichts mehr, das mit dem Staat, der Polizei, dem Gefängnis zu tun gehabt hätte. Kein Grund zur Beanstandung für den Lagerkommandanten. Gerade das Fehlen eines Richters war beschämend. Ich hatte niemanden, auf den ich die Schuld abladen konnte. Der Mensch ist am schutzlosesten, der allein für eine Schuld einstehen muß. Ich tendierte dazu, Lindas Schuld mitzuübernehmen. War also doppelt bloßgestellt. Linda hatte keine Ahnung, was sie in ihrer Sorglosigkeit angerichtet hatte. Sie ließ ihre Hand weiter über meine sensibelsten Körperteile gleiten und saugte damit die letzten Kräfte aus mir heraus. Es war ein Alptraum. Ich mußte mich wehren, ehe alles verloren war.

Ich raffte mich auf:

»Nicht!«

Gleichzeitig warf ich mich herum und verbarg mein Gesicht. Auf keinen Fall durfte ich meine Panik auch noch auf sie übertragen. Beziehungsweise, ich wollte ihr nicht meine Schwäche zeigen, die schon groß war. Und immer größer wurde. Es ging nicht mehr anders, ich mußte etwas sagen, etwas tun.

»Nicht!« wiederholte ich, das Gesicht ins Kissen gepreßt.

Wieder nahm Linda meine Panik nicht zur Kenntnis. Und wieder mißdeutete sie meine Reaktion. Zu ihrem Vorteil. Die Nase fest im Kissen, spürte ich, wie sich ihr Körper eilends in Richtung auf das untere Ende des Bettes entfernte.

»Nicht!« fuhr ich mit einem Ruck hoch, überwältigt von der Furcht, sie werde weggehen. Mich verlassen.

Ich saß stocksteif da und konnte mich auch nicht beruhigen, als ich feststellte, daß sie keineswegs weggehen, mich verlassen wollte. Wo hätte sie zu dieser späten Stunde auch hin sollen? Unser Lager befand sich mitten im Gebirge, weit und breit gab es keine Siedlung, keine Busverbindung nach dem Rest des Landes. Zwar verkehrten Lastwagen, die das Kupfer abtransportierten, aber auch nur tagsüber. Doch ich kam nicht dazu, über meinen absurden Fehlschluß zu lachen. Linda ging nämlich zum Lichtschalter neben der Tür, um die Lampe zu löschen. Die zwei Meter dorthin legte sie zurück, ohne mich aus den Augen zu lassen, als hege sie gleichfalls die Befürchtung, ich würde plötzlich spurlos verschwinden. In ihrem Blick lag soviel Wehmut, daß ich mich peinlich berührt, geradezu gedemütigt fühlte. Und noch verzagter als schon vorher. Zack! Der Raum versank in Dunkelheit. Tief drinnen in meinem Ohr produzierte die Fliege das typische Surren des Eingesperrtseins. Es war das einzige Geräusch, ansonsten war mit der Finsternis auch völlige Stille über den Raum hereingebrochen.

»Im Dunkeln geht es leichter. Wahrscheinlich fehlt uns der Duft des taufeuchten Grases, das Rascheln der Blätter, das Zirpen der Grillen, der Mondschein, aber nun ja ...« Wenn nur Lindas Tonfall ihre fröhlichen Worte nicht Lügen gestraft hätte. Eine gewisse Müdigkeit sprach daraus, die ihr offenbar selbst noch gar nicht bewußt geworden war. Wahrscheinlich ist es besser so, dachte ich unsicher. Was war besser, daß auch Linda anfing, müde zu werden oder daß sie ihre Müdigkeit noch nicht bemerkt hatte?

Linda lag gar nicht so falsch, als sie das Licht löschte. Schließlich kannte niemand meine Hemmungen besser. Offenbar hatte sie den Eindruck, daß diese Hemmungen in den vergangenen sechs Monaten noch um ein Vielfaches größer geworden waren. Plötzlich empfand ich Genugtuung. Ich hatte Linda falsch eingeschätzt. Sie war mir gegenüber keine Sekunde lang gleichgültig gewesen. Im Gegenteil, sie hatte mich ständig und genau beobachtet. So genau, daß sie sogar Veränderungen an mir wahrnahm, die mir selbst gar nicht aufgefallen waren. Beobachtet mit den Augen einer Frau. Das war doch der beste Liebesbeweis. Gibt es einen schöneren Lohn für den Mann, der geliebt wird? Lindas Instinkt hatte ihr geholfen, genauer als ich selbst die Veränderungen an mir durch den langen Aufenthalt in rein maskuliner Umgebung wahrzunehmen. Ausschließlich unter Männern zu leben, führt zwangsläufig zur Zerstörung eines wesentlichen Bestandteils des natürlichen Gleichgewichts. Meine Hemmungen hatten so übermäßig zugenommen, daß mir schließlich ganz die Courage abhanden gekommen war, die mir zustehenden Freuden des Lebens auch einzufordern. Das Debakel heute nacht war nur ein kleines Beispiel dafür. Ist der Mut erst einmal dahin, so werden die Folgen automatisch dadurch gelindert, daß man seine Ansprüche ans Leben überhaupt verliert. Genauer gesagt, die Ansprüche verändern sich unmerklich dahingehend, daß man das Verbrechen als etwas Natürliches akzeptiert. Ohne mich auf allzu verschlungene Begründungen einlassen zu wollen, die mir sowieso nicht liegen, möchte ich doch sagen, daß Diktaturen ganz allgemein, besonders aber die linken Diktaturen, ein Ausdruck existentiellen männlichen Scheiterns sind. Sie beweisen, oder sind vielleicht selbst bis zu einem gewissen Grad Folge einer tiefen Krise, die der männliche Teil der Nation durchmacht.

Im Dunkeln …

Seit ich mit Linda in diesem Raum eingeschlossen war, hielt ich die Augen instinktiv die meiste Zeit geschlossen. Lindas erregende Wirkung vermittelte sich mir mehr durch meinen Tast- als durch meinen Gesichtssinn. Dennoch befreiten mich Dunkelheit und Stille sogleich von einem Teil meiner Erschöpfung. Das Summen der Fliege drinnen in meinem Ohr erklang nun schwächer und auch etwas freundlicher.

Dunkelheit gehörte zu den Dingen, die ich in der Haft am meisten entbehrte. Sowohl in den Gefängniszellen als auch in den Schlafsälen des Arbeitslagers war es strengstens untersagt, das Licht zu löschen. Angeblich war das eine Sicherheitsmaßnahme. Ich glaube aber, der Grund war ein ganz anderer. Über dem Kopf des Häftlings die ganze Nacht über eine elektrische Birne brennen zu lassen, ist eine preiswerte Ergänzung zur Folter, wenn man berücksichtigt, daß dabei nur eine zu vernachlässigende Menge Strom verbraucht wird. Oft waren dramatische Auswirkungen auf die Nervensysteme der Gefangenen damit verbunden. Merkwürdigerweise hebt man immer nur auf die Notwendigkeit von Licht für die normale Entwicklung jeden Lebens ab und vergißt dabei, daß Dunkelheit genauso unerläßlich ist. Falls nicht schon vor mir jemand darauf gekommen ist, bin ich gerne bereit, den Beweis dafür anzutreten.

Meine Augen waren dabei, die köstliche Finsternis genußvoll in den Körper hineinzusaugen, als die Fliege drinnen in meinem Ohr alarmiert zu surren begann. Ihre tausend Klauen bohrten sich wie glühende Zangen in die dünnen Stränge meiner Nerven. Im Dunkeln ... Lindas Äußerung war fraglos extrem verdächtig. Normalerweise ist das menschliche Gehirn empfänglicher für Verdacht als für Vertrauen. Es heißt ja, erst durch die Fähigkeit zu zweifeln gelange der Mensch zur Vollendung. Als Gegenbeweis könnte ich das Wachpersonal anführen. Beim Wärter mordet Mißtrauen noch das letzte bißchen Menschlichkeit. Das gilt auch für viele andere Menschen, die nicht Wärter in des Wortes unmittelbarer Bedeutung sind. Vielleicht geschieht der Mord bei ihnen anders, doch das Ergebnis ist das gleiche. Meiner Meinung nach gelangt der Mensch durch Vertrauen zur Vollendung. Immer nur durch Vertrauen, niemals durch das Gegenteil.

Wie konnte es mir gelingen, das verlorene Vertrauen wiederzugewinnen? Oder besser gesagt, das gestohlene Vertrauen.

Alle beide waren sie schuld an meinen zermürbenden Depressionen. Der alte Mithäftling nicht weniger als der Lagerkommandant. Zum hundertsten Male sagte ich mir, daß der Abend und die Nacht mit Linda ohne ihre Warnungen völlig anders verlaufen wären, ohne die verwünschte Fliege in meinem Ohr, die mich nun auf die Zweideutigkeit von Lindas Äußerung aufmerksam machte. Ich wußte, der ANDERE würde ausschließlich den garstigen Nebensinn heraushören, obwohl Linda eigentlich etwas ganz anderes gemeint hatte. Schließlich war er nur aus diesem Grund wach geblieben. Genau darum ging es jenen, die ihn beauftragt hatten, unsere Gespräche genauestens zu belauschen. Wir waren für sie von vorneherein Feinde, sonst hätte es diesen ANDEREN, der uns überwachte, gar nicht gegeben.

Unter dem Strich hatte ich gar keine Chance, das verlorene Vertrauen wiederzugewinnen. Das gestohlene Vertrauen. Mir blieb nur noch, alle Anstrengungen darauf zu konzentrieren, Gefahr von Linda abzuwenden. Erst einmal mußte ich ihre Äußerung klarstellen, damit kein Platz für Mißdeutungen mehr blieb. Die Dunkelheit half mir, vor Lindas aufmerksamen Augen zu verbergen, welche Anstrengungen es mich kostete, meinen Worten einen fröhlichen Klang zu geben:

»Aber sicher. Im Dunkeln ist es viel angenehmer, sich auszuziehen.«

Unwillkürlich fing ich an, meine Hosen herunterzustreifen, als belauerte mich der Unsichtbare, dem diese Geste galt, nicht nur mit den Ohren, sondern auch mit den Augen. Ich hatte konsequent dafür zu sorgen, daß meine hörbare Zwiesprache mit Linda nur unsere jeweiligen Handlungen widerspiegelte. Auf keinen Fall mehr. Die Intimität dieser Handlungen war legal. Nicht nur, weil wir verheiratet waren. Wir verfügten auch über die besonderen Gestattungen des Innenministeriums und des Lagerkommandanten. In keinem Punkt überschritten wir die Vorschriften für spezielle Begegnungen. Wir sprachen nicht über Politik. Wir wollten nur so viel wie möglich aus dem machen, was uns erlaubt worden war.

Linda begleitete die allmähliche Entblößung meiner unteren Körperhälfte mit zärtlicher Hand. Sie schwebte noch immer oben in den Wolken. Mit einer Selbstverständlichkeit, die immer weniger gerechtfertigt war. Ich rede von Selbstverständlichkeit, um nicht Achtlosigkeit sagen zu müssen. Oder, noch schlimmer, Leichtsinn. Mit einem Kern von Tollkühnheit. Es war die gleiche irre Tapferkeit, die man auch meinem Großvater Oso Tzatza nachgesagt hatte. Unter den Umständen, in denen wir lebten, war Tapferkeit nahezu gleichbedeutend mit Provokation der Staatsmacht. Und besonders schwer war es für einen Häftling wie mich, beides auseinanderzuhalten. Mein Vater Omer Tzatza hatte mit gutem Grund alles unternommen, um nicht als Erbe der Eigenschaften seiner Vorfahren erkannt zu werden. Mehr als nur der Wunsch befahl mir, Lindas Verhalten der blinden Unbekümmertheit einer leidenschaftlichen Frau zuzuschreiben. Ihre Berührungen wirkten auf mich wie eine Sturmwarnung. Zorn stieg wieder in mir auf. Nicht genug, daß sie mir nicht half, etwas für unseren Schutz zu tun, mit ihrem Übereifer zermürbte sie meinen bereits angeschlagenen Willen vollends. Wie konnte ihr weiblicher Instinkt nur in diesen totenähnlichen Tiefschlaf verfallen sein?

Die Hosen knäuelten sich schon an meinen Knöcheln, als mir in der Dunkelheit das Gesicht des ANDEREN erschien. Auch das noch! Einen Wimpernschlag lang starrte es auf unsere nackten Leiber herab, dann war es wieder weg. Dieser kurze Moment genügte ihm, und mir auch. Seine

Augen blickten nicht spöttisch, wie ich vermutet gehabt hätte. Aber auch nicht ernst. Krankhafte Erregung glitzerte darin. In meiner Bestürzung vergaß ich festzustellen, ob ich das Gesicht kannte. Doch letzten Endes spielte das gar keine Rolle. Das kranke Glitzern der Augen war es, das mich beschäftigte.

Linda war währenddessen immer hitziger damit beschäftigt, mich zu sich heranzuzerren, woraus zu schließen war, daß sie keine der meinen vergleichbare Erscheinung gehabt hatte und auch keinerlei Verdacht bezüglich der Gegenwart des ANDEREN hegte. Oder sie ging einfach darüber hinweg. Ihr Verhalten wurde mir immer unverständlicher. Nahmen wir einmal an, er hätte tatsächlich nichts herausgefunden, was als Vorwand dazu dienen konnte, mir noch ein paar zusätzliche Jahre Gefängnis aufzubrummen und Linda den Prozeß zu machen, wie es seine Befehlsgeber von ihm erwarteten. Nahmen wir einmal an, Lindas Unbekümmertheit wäre wirklich völlig berechtigt gewesen. Aber hätte sie wirklich, und sei es voller Verachtung, das kranke Glitzern akzeptieren können, das sie in seine Augen gebracht hatte? Wie auch immer, Linda verhielt sich der Existenz des ANDEREN gegenüber absolut gleichgültig, was wiederum ich nicht akzeptieren konnte.

Allerdings konnte sie die kurzzeitige Versteinerung meines Körpers unmöglich nicht wahrgenommen haben. Alle ihre Sinne waren auf die Reaktionen meines Körpers eingestellt. Sie kannte die Vibrationen der Muskeln und Nerven unter meiner Haut genau.

So ließ die Frage auch nicht lange auf sich warten: »Was hast du? Geht es dir nicht gut?«

»Es geht mir sehr gut. Sehr gut, aber sprich bitte leiser!« erwiderte ich mit unverhohlener Nervosität.

Lindas Arme erstarrten auf meinen Schultern.

»Warum? Was ist los?«

Sie antwortete auf meine Nervosität mit einer plötzlichen Verstimmung, die mir nicht weniger unerträglich war als vorher ihr maßloser Leichtsinn. Waren wir denn in einem Ferienheim? Wie konnte ich ihr nur klarmachen, daß sie mit ihrer Frage den ANDEREN endgültig darauf gebracht hatte, was mit mir, was mit uns vorging?

Mir war endgültig der Ehrgeiz abhandengekommen, den emsig auf politische Fehler Lauernden um seinen Triumph zu bringen. Zum Teufel mit der Politik! Zum Teufel mit der Polizei! Zum Teufel mit dem Teufel! Linda war verstimmt. Ich wußte, ihre Verstimmung richtete sich nicht gegen mich. Sie war mir nicht böse. Aber mir reichte es schon, daß sie überhaupt verstimmt war. Das hatte ich noch nie ertragen, und unter den gegebenen Umständen quälte es mich doppelt. Hielt die Verstimmung an, würde ihr Körper unweigerlich noch mehr versteinern und erkalten als meiner. Den Rest der Nacht über würde polarer Frost herrschen. Ich registrierte bereits betroffen, wie sich die Vibration der Muskeln und Nerven unter ihrer weichen Haut veränderte.

Egal, wie ich mich selbst fühlte, ihrer Verstimmung mußte ein Ende gesetzt werden.

Ich hatte Linda mit meiner brutalen Intervention die Laune verdorben. Trotzdem konnte ich mir keinen Vorwurf machen. Es gab nichts zu bereuen. Weh tat mir, daß ich mich so verändert hatte. Etwas sehr Wichtiges in mir war zerbrochen. Linda, das begriff ich natürlich auch unter den veränderten Umständen, war völlig unschuldig, sie hatte diese Enttäuschung nicht verdient. Aber mir konnte ich ebenfalls keine Schuld geben. Schuldig war logischerweise der unsichtbare, allgegenwärtige DRITTE, mit dem mich und Linda nur Haß verband. Diese Regung, die ich sonst selbst in den schwierigsten Situationen mühelos von mir fernhalten konnte, überfiel mich nun mit unwiderstehlicher Gewalt. Ich wertete sie als Ausdruck meiner Zerrüttung. Ich war zwar nicht religiös, aber zum Haß hatte ich mich nie hinreißen lassen, weil ich spürte, daß mir die charakterliche Härte fehlte, ihn durchzuhalten. Allumfassende Liebe hatte die Lücke nicht gefüllt. Ich nahm es als Ausdruck einer Schwäche, die ich mir zugestand. Genauer gesagt, ich war davon überzeugt, daß nur bestimmten Kategorien von Menschen die Fähigkeit zu hassen eigen ist, den geborenen Helden oder den Kriminellen. Ich gehörte keiner dieser beiden Kategorien an. Im Laufe meines noch nicht allzu langen Lebens hatte ich festgestellt, daß sowohl Helden als auch Kriminelle eine Synthese mit dem Staat eingehen. Beziehungsweise der Staat geht eine Synthese mit ihnen ein, wobei er sie je nach Notwendigkeit die Plätze tauschen läßt. Für mich war das Ursache einer ständigen Konfusion. Wer waren nun die Helden, wer die Kriminellen? Eine Gesellschaft ohne Helden oder Kriminelle konnte ich mir allerdings auch nicht vorstellen. Hätten denn die anderen Menschen, also die normalen Bürger, dann noch die gleichen sein können? Vermögen sich die Bürger ohne den Druck der Helden einerseits und der Kriminellen andererseits überhaupt in ihrer Alltäglichkeit einzurichten? Ohne eine Antwort auf diese Frage zu wissen, waren mir doch beide Kategorien zuwider, einfach deshalb, weil sie sich mit dem gleichen Mittel die Macht über die Gesellschaft sicherten, nämlich der Gewalt.

Nun haßte auch ich. Wie die Mehrzahl der mit einem Personalausweis ausgestatteten Lebewesen. Zwar sah ich ein, daß diese Regung mir keinerlei Vorteil brachte. Aber ich konnte mich nicht mehr davon freimachen. Hatte sich bei mir ein bestimmter, womöglich gar nicht existenter Sachverhalt, nämlich Lindas Verstimmung, als Katalysator auf die unvermutete Entstehung von Willenskraft ausgewirkt? Haß bedarf einer ungewöhnlichen Energie. Oder hatten die Leiden der Haft, die Konfrontation mit der staatlichen Gewalt die Herausbildung heroischer oder krimineller Qualitäten in meinem Charakter befördert?

Diese Frage beunruhigte mich. Freilich hätte jeder Versuch, eine Antwort darauf zu finden, mein momentanes Zusammensein mit Linda unweigerlich noch weiter kompliziert. Aus dem Gang ihres Atems mußte ich schließen, daß sie immer noch verstimmt war. Das ganze Problem bestand in unserer Unfähigkeit zur Kommunikation. Warum hatte sich diese blöde Fliege auch ausgerechnet mein Ohr ausgesucht? Dadurch, daß sie ihre Klauen in die übermäßig angespannten Fasern meiner Nerven bohrte, erzeugte sie in meinem Gehirn die Erscheinung dieses ANDEREN, des dritten Mitwirkenden an unserer ehelichen Nacht.

Er war voll auf uns konzentriert. Aber ich war mittlerweile ebenfalls voll auf ihn konzentriert. Zwischen uns beiden stand, ohne sich dessen bewußt zu sein, Linda. Sorglos, rein, ohne jeden Vorbedacht. In ihrer totalen Bereitschaft, sich mir hinzugeben, steckte eine große Gefahr. Der DRITTE würde auf seine Art davon profitieren.

Der Haß trieb mich dazu, mich auf einen Nervenkrieg mit dem DRITTEN einzulassen. Es war ein verworrenes Spiel ohne bestimmte Regeln, wie ein Traum, von dem ich nicht wußte, wohin er mich führte. Aber ich gab nicht nach. Ich wollte nicht nachgeben. Er selbst hatte mich dazu herausgefordert, so wie einst die Gladiatoren bei ihren tödlichen Zweikämpfen.

Linda lag ausgestreckt neben mir. Sie war etwas abgerückt, so daß ein leichter Lufthauch zwischen unseren Leibern durchzog. Ich wußte nicht, woher diese kalte Luft kam. Es war April. Es gab keinen Reif mehr. Was ich über die weltweiten Auswirkungen der Polarnacht gelesen hatte, trug nicht zur Klärung bei. Ich konnte nicht feststellen, ob Linda den Frosthauch ebenso spürte wie ich. Immerhin blieb sie ausgestreckt neben mir liegen. Ohne besonders besorgt zu wirken. Leicht abgekühlt, verlor ihre Haut die samtene Weichheit. So verwirrte mich ihr Körper weniger. So fand ich leichter zu meiner Selbstkontrolle zurück. Linda schwieg mit einer gewissen Beharrlichkeit. Wahrscheinlich erwartete sie von mir, daß ich diesen Zustand durch eine männliche Umarmung beendete.

Mir kam ihr Schweigen allerdings gelegen. Ich hatte nicht die Absicht, sie zu umarmen, nicht einmal, sie anzurühren. Sollten die Dämonen der Leidenschaft erst einmal zur Ruhe kommen! Wenn wir nicht redeten, würde der ANDERE auch nichts mitbekommen. Er würde meinen, wir schliefen. Diese Lösung gefiel mir nun auch wieder nicht. Schlaf wäre ein gewisses Eingeständnis meines männlichen Unvermögens gewesen. Selbst vorgetäuscht, beleidigte dies meine Würde. ER mochte auch glauben, wir seien gestorben. Gleichzeitig konnten wir beide nur an einem gemeinsam verabreichten Gift sterben. Auch diese Lösung schied aus. ER würde Alarm schlagen, und die ganze Verantwortung würde man dann Linda zuschieben. Blieb, daß unser totales Schweigen in IHM einen dritten Verdacht weckte: daß wir uns auf eine Art und Weise liebten, die ihm gänzlich unbekannt war. Das war nun gewiß die beste Methode, einen Kerl zu foltern, der sich die Nacht um die Ohren schlug, um uns zu belauschen. Er wurde nicht dafür bezahlt, sich Schweigen anzuhören. Beim Gedanken an die Folter übermannte mich Befriedigung. Instinktiv war ich auf den richtigen Begriff gekommen, um das Motiv für mein gefährliches Spiel zu formulieren. Ich konnte meinen Haß abreagieren. Nur mußte ich mich schnell und ohne, daß es der ANDERE mitbekam, mit Linda verständigen. Ohne ihre Unterstützung ließ sich mein Ziel nicht erreichen.

Ich war sofort davon überzeugt, Linda werde gefallen, was ich mir ausgedacht hatte. Sie würde sich sogar freuen. Es wäre der Beweis dafür, daß ich mich so geändert hatte, wie es immer ihr Wunsch gewesen war. Noch in vielen Jahren, unter ganz anderen Umständen, das heißt, ohne den ANDEREN dabei, würde sie mir lachend bestätigen, daß es des Gefängnisses bedurft hatte, um mir ein bißchen Phantasie einzuhauchen. Dann würden wir uns ausmalen, wie die Geschichte weitergegangen war, als nämlich unser ungebetener Gast am Morgen bei seinen Chefs aufzukreuzen hatte.

Laß das Band hier und geh schlafen, würden sie ihm mit einer Kopfbewegung zum Tonbandgerät auf dem Tisch sagen.

Wie erstarrt würde er vor ihnen stehen, als hätte er den Befehl nicht gehört. Was seine Chefs natürlich nervös machen würde.

Was stehst du herum wie eine Mumie? Würde einer von ihnen, sein Vorgesetzter, sagen.

Der Aufpasser würde sich zusammenreißen und stammeln:

Das Band ist aber leer.

Wie?

Leer?!

Warum?

Willst du behaupten, die Geräte waren defekt? würden zwei oder drei seiner Chefs über ihn herfallen. Du bist wohl eher eingeschlafen, Schlaukopf!

Nein, ich habe kein Auge zugemacht, und die Geräte haben einwandfrei gearbeitet, ich schwöre es euch, bei meinem Ideal. Aber …

Was aber?! würde ihm der oberste Chef brüllend ins Wort fallen. Bist du hergekommen, um uns zu veräppeln, oder machst du gemeinsame Sache mit ihnen?

Unser Überwacher würde hilflos die Schultern zucken. Er konnte ja selbst kaum glauben, daß ich und Linda eine ganze Nacht lang den Mund nicht aufgemacht hatten, und das in einer solchen, ganz besonderen Nacht. Was war nur los? In was für einen teuflischen Traum war er da geraten?

Und doch, es war wahr. Ich und Linda hatten die ganze Nacht über den Mund nicht aufgemacht. Auch wenn diese Wahrheit seinen Chefs nicht paßte. Sie hatten kein Mittel, das Rätsel aufzuklären. Mich und Linda konnte man nicht als Zeugen rufen. Die Überwachung war ein Staatsgeheimnis. Andererseits ließ ihnen eben die absolute Stille auf dem Tonband keinen Spielraum für ihren Bericht. Hätten wir irgend etwas gesagt, egal was, sie hätten den Sinn herausgehört, der von oben verlangt wurde.

Unser DRITTER würde gezwungen sein, anders vorzugehen.

Laß das Band hier und geh schlafen, würden die Chefs mit einem neutralen Blick auf das Tonbandgerät auf dem Tisch sagen.

Er würde dem Befehl so genau wie eilig nachkommen. Am besten, er war schon weg, wenn das Band zu laufen anfing. Er durfte auf gar keinen Fall mehr da sein, wenn es sich langsam drehte und das Büro mit der tiefen Stille füllte, wie sie nur nachts in einem Gefängnis vorzufinden ist. Die Minuten würden für die schweigend dasitzenden Chefs länger und länger werden, was ihrem Zorn ausreichend Zeit ließ, sich aufzubauen. Sie würden ganz sicher auch auf mich und Linda fluchen und tausend Racheschwüre gegen uns ausstoßen. Uns heimtückisch nennen. Ich hätte nie geglaubt, daß mich eine solche Bewertung mit Befriedigung erfüllen könnte. Ich räumte ohne jede Scham ein, daß ich heimtückisch war. Das komplettierte mich. Eine neue Qualität würde in meine Beziehung zu Linda einkehren, mit unabsehbaren Folgen für unsere Liebe. Eisiger Schauder überlief mich, als ich begriff, daß ich vollständig in die Haut eines Opfers hineingeschlüpft war, daß ich eher andere zum Opfer machen, als einem Schicksal entrinnen wollte. Unser Überwacher würde wegen Kollaboration mit uns gnadenlos bestraft werden. Aus dem Diener des Volkes, der zu sein er mit dem Anlegen der Militäruniform geschworen hatte, würde plötzlich ein Volksfeind werden.

Ich war mit einer kriminellen Leichtfertigkeit dabei, jemandes Unglück anzubahnen, was mir schrecklich vorkam. Nicht wegen des Betroffenen. Sondern wegen mir selbst. Letztlich würde ich meinen Haß am allermachtlosesten Vertreter des Systems auslassen, das mich in Eisen geschlagen hatte. Das Unrecht, das mir geschah, beantwortete ich gleichfalls mit einem Unrecht, das überdies auch noch völlig nutzlos war.

Diese tiefgreifende Veränderung meines Naturells ließ sich nicht allein mit dem Aufflammen von Haß erklären. Ich hatte mich ganz allgemein verändert. Trotzdem, der Haß wühlte nun in mir gleich einem Gift in der Blutbahn. In einem kindlichen Versuch, meinen Stolz zu wahren, suchte ich nach einem stärkeren Grund als dem Haß, um mich aus dem Spiel zu verabschieden. Ich wollte unbedingt heraus. Es kostete wenig, mir klarzumachen, daß ein so komplettes Schweigen, wie ich es gebraucht hätte, schlicht unmöglich war. Mochte Lindas Körper noch etwas abkühlen. Aber er würde nie so kühl werden, daß ihre Gegenwart ohne Wirkung auf mich blieb. Ganz klar: auch wenn einer von uns bis zum Morgen nicht mehr den Mund aufmachen würde, ließen sich doch kaum die gedämpften, unwillkürlichen Geräusche abschalten, die der gesamte menschliche Organismus beim Liebesakt erzeugt. Besonders meiner und Lindas Organismus, der nur mit dem ausgetrockneten Boden in Erwartung des Regens zu vergleichen war. Die elektronischen Gerätschaften dieses ANDEREN funktionierten ganz ausgezeichnet. Und besonders auch sein Gehirn, das wie ein Schwamm die unschuldigen Geräusche unserer Leiber in sich aufsaugen würde.

Auch wenn ich ihn nicht von Angesicht kannte, so war ich mir doch sicher, daß sein ganzes Ich mit besonderer Ungeduld dieser Geräusche harrte. Mit größerer Ungeduld, als wenn es um ein Gespräch voller Flüche und Beschimpfungen gegen das Regime gegangen wäre. Davon hatte er schon reichlich gehört. Die Fliege in meinem Ohr regte sich. Aber nicht drohend. Auch nicht verdrossen. Es war eher eine freundliche Erinnerung an das Ziel, das ich mir selbst gesetzt hatte. Ich mußte es mit meiner Reue nicht übertreiben. Den ANDEREN würde ich auf alle Fälle foltern. Allerdings, ohne ihn an den Rand des Abgrunds zu bringen. Da war er nicht der erste in der Reihe. In einer Anwandlung wahrer Begeisterung meinte ich die beste Methode gefunden zu haben, meinen Haß zu stillen. Ich würde Liebe machen. Mit der ganzen Leidenschaft, die mich zu Linda hinzog. Liebe, die mich entschädigte für all die Monate, die sie in meinem Bett gefehlt hatte und all die Monate, die sie mir noch fehlen würde. Jede meiner und ihrer Sekunden würde für uns beide Erfüllung bedeuten. Das heißt, der Sekunden, die uns noch blieben. Angesichts all der Sekunden, die seit unserer Begegnung am späten Nachmittag verstrichen waren, empfand ich tiefes Bedauern. Es mußte sich um Tausende handeln. Wieviel vergeudetes Glück!

Fast hätte ich Lindas gedämpfte Frage überhört:

»Was hast du?«

»Den Teufel im Bauch«, gab ich sofort, ohne nachzudenken, zurück. Mein Körper kühlte ab, und mein Gehirn heizte sich auf. Der Wunsch nach bedingungsloser Rache an dem Kerl, der sich zum Zerstörer meines kurzen Glücks hatte machen lassen, des Glücks einer einzigen Liebesnacht, stellte sich heftig wieder ein. Ich sah ein, daß ein Schwall verrückter Ideen in meinem Kopf herumging. Aber ich konnte sie nicht kontrollieren.

»Was hast du? Geht es dir nicht gut?« fragte Linda wieder, nun in besorgtem Ton. Das brachte mich wieder einigermaßen zu mir.

In Windeseile arbeitete ich meinen verrückten Plan aus, der jenem DRITTEN in beispielloser Weise Leiden zufügen sollte.

Tatsächlich unternahm ich unbewußt, wie im Fieber, den letzten, verzweifelten Versuch, mir einzureden, daß noch das Fünkchen einer Chance bestünde, die verbliebenen Stunden mit einer Liebe zu füllen. Kurz ausgedrückt, nicht mir oder Linda, sondern des Zieles wegen, das ich mir gestellt hatte, bedurfte es einer totalen, hinreißenden Liebe. Anders würde unser Fleisch nicht imstande sein, die eindringlichen Geräusche zu erzeugen, die das neue Drehbuch erforderte. Die süße Musik unserer lechzenden Leiber konnte, das Gehirn unseres ungeladenen ZEUGEN durchströmend, unmöglich auf Gleichgültigkeit stoßen. Der graue Stoff, der seinen Schädel füllte, würde, unvertraut mit einer solchen Musik, weich werden wie gefrorener Lehm unter einem Bündel Sonnenstrahlen. Wenn er merkte, wie Stück um Stück seines Körpers dahinschmolz, würde er in Konfusion verfallen. Er würde jeden Bezug zu der ihn umgebenden Welt einbüßen. Mit geschlossenen Augen, beide Hände fest um sein Gemächt verkrampft, so wie sich ein Reiter an der Mähne seines Pferdes festklammert, um nicht herunterzufallen, würde er seinen Flug in eine andere Welt antreten. Eine wunderbare Welt, die Welt der Lust, die sich ihm zum ersten Mal auftat …

Lindas besorgte Frage verhinderte, daß ich meinen Plan zu Ende brachte. Die unerträglichsten Qualen für den ZEUGEN würden erst noch kommen, dann nämlich, wenn auch sein Unterleib wegschmolz. Diesmal auf ganz andere Weise als das Gehirn und die anderen Körperteile. Alles würde sich verflüssigen, Muskeln und Nerven, von Kopf bis Fuß. Seine Augen würden noch eine Weile lang halb geschlossen sein wie bei einem Frischverstorbenen. Seine Konfrontation mit dem unsichtbaren Henker, die ihn barbarisch aus der Welt der Lust herausriß, würde apokalyptisch ausfallen. Er würde unterliegen. Der Zustand seiner Augen würde sich allmählich von halbgeschlossen in halbgeöffnet verändern, wie es bei einem Menschen der Fall ist, der nicht von einem wunderschönen Traum lassen möchte. Langsam würde sein Blick herabsinken auf die von farblosem, zähflüssigem Saft verfleckten Hände. Was ist mit mir geschehen? würde er sich fragen. Demütigung und Angst würden aus seinem Blick sprechen.

Tatsächlich war ich es, der sich mühsam zur engen Pforte der wunderbaren Welt der Lust vorarbeitete. Wieder war es die Fliege in meinem Ohr, die mich auf den Fehler hinwies, den ich fast begangen hätte. Die lieblichen Geräusche unserer Körper, meines und Lindas, wären, wenn sie den faul zersetzten Stoff in des ANDEREN Körper durchdrängen, ebenso schmutzig, wie wenn sie durch sein nach Schweiß stinkendes Militärhemd geflossen wären. Oh, die lieblichen Geräusche unserer entflammten Leiber, sie würden dorthin zurückkehren, um in Ruhe zu sterben. Sie waren ein Teil von uns. Sogar ein wertvoller. Allerdings würde das ekelerregende Mal der Beschmutzung auf unseren Leibern und Seelen sitzen wie ein blauer Fleck. Wenigstens aus Achtung vor mir selbst und Linda durfte dies nicht geschehen. So teuer wollte ich eine Liebesnacht nicht bezahlen.

Nach wie vor besorgt, wartete Linda auf meine Antwort. Sie wollte wissen, ob ich mich wirklich nicht wohlfühlte. Die Brüste waren gewöhnlich der Teil ihres Körpers, der zuletzt abkühlte. Ich wollte sie anfassen, erforschen, ob schon Reif auf ihnen lag, getraute mich aber nicht.

Ihre Sorge erschien mir kleinlich, lachhaft angesichts der Wahrheit. Immerhin begriff ich, es genügte nun nicht mehr, daß ich nur sagte, es fehle mir nichts. Auch der Spruch, ich hätte den Teufel im Bauch, genügte nicht mehr. Aber wie konnte ich mehr sagen, wenn jener ANDERE nur ungeduldig darauf lauerte, zu erfahren, über was wir uns unterhielten? Das war die Aufgabe, für die er bezahlt wurde. Aber auf jeden Fall war er auch unheimlich neugierig. Welcher Worte würde sich wohl eine schöne Frau aus der Hauptstadt im Bett ihrem Mann gegenüber bedienen? Nichts an unserer Unterhaltung war für ihn unwichtig. Diese Einsicht trieb mich dazu, Linda eiligst gerade um das zu bitten, was meiner Voraussicht nach während dieser Nacht überhaupt nicht hatte geschehen sollen:

»Schlafen wir ein wenig?«

Ich wandte mich ihr vorsichtig zu. In der völligen Dunkelheit, die im Zimmer herrschte, konnte ich das Gesicht meiner Frau nicht richtig erkennen. Allerdings bin ich mir sicher, daß sie mir verblüfft einen jähen Blick zugeworfen hat. Heute nacht sollten wir schlafen?! Konnte es für uns heute nacht wirklich Schlaf geben?! Wenn nur kein Zorn in ihrem Blick lag! Ihren Zorn ertrug ich nicht. Und noch schlimmer, wir würden überhaupt keine Zeit haben, uns zu versöhnen.

Ich machte ihr keinen Vorwurf, daß sie keinen Schlaf wollte. Diese Nacht war etwas anderem gewidmet. Mein ganzes Ich, und Lindas ebenfalls, hatten sich wochenlang auf eine in unserem Zusammenleben beispiellose Ausschweifung eingestellt. Wieder wagte ich es nicht, ihre Brüste zu streicheln. Wenn der Reif erst einmal bis dorthin vorgedrungen war, dann gab es keinen anderen Ausweg mehr als Schlaf. Diese Lösung war für mich inakzeptabel, da Schlaf unausweichlich mit Erwachen verbunden ist. Wenn wir unsere Augen wieder öffneten, würden wir beide, Linda und ich, nicht mehr die gleichen sein. Einander fremd. Zwei Unbekannte, dazu verdammt, sich fortan und bis zum Ende fremd zu bleiben.

Nicht nur aus Angst vor dem Erwachen, sondern auch vor Träumen gab ich den Schlaf wieder auf.

Ich wußte nicht, ob überhaupt noch eine Möglichkeit zur Übereinkunft mit Linda bestand. Selbst wenn die Abkühlung ihrer Brüste noch nicht begonnen hatte, selbst wenn die Fliege in meinem Ohr müde zu werden begonnen hatte und döste, selbst wenn die ersten Strahlen des Morgenlichts sich noch nicht auf den Weg zu den scharfen Rücken der Berge ringsum gemacht hatten, das Haupthindernis war noch nicht überwunden. Sollte weiter Hoffnung bestehen, die Liebe dieser Nacht zu retten, war es unerläßlich, daß Linda über die uns beiden drohende Gefahr aufgeklärt wurde. Besonders groß war die Gefahr ja für sie. Anders als ich hatte sie etwas Großes zu verlieren: die Freiheit. Auch den Verdacht des ANDEREN hatte sie zuerst geweckt. Sie hatte gesagt, in der Dunkelheit sei alles leichter. Dunkelheit ... alles ... leichter ... Hä, hä, Dunkelheit wollt ihr?! Ihr meint wohl, im Finstern ließe sich eure Verschwörung leichter anzetteln?! würde ER in seinem Versteck feixen. Hä, hä! Aber ich bin da ... Meine Augen, meine Ohren sind Tag und Nacht im Einsatz. Schlagt es auch aus dem Kopf ... Das klappt nicht ...

Sie war da, die Spukgestalt des Teufels oder der Teufel selbst, um alles zu zerstören. Und Linda scherte sich einfach nicht um seine Gegenwart. Genug, daß ER unsichtbar war. Es ließ sich schwer glauben, daß Lindas Gleichgültigkeit IHM gegenüber auf Tapferkeit zurückzuführen war. Nicht, daß sie feige gewesen wäre. Aber von Natur aus war sie auch nicht gerade wagemutig. Sie ging Situationen wie dieser lieber aus dem Weg. Nun aber bewies sie, daß mein bitteres Schicksal sie nicht gelehrt hatte, sich vor dem Unsichtbaren zu schützen. Man muß etwas von einem Gespenst in sich haben, um gegen Gespenster zu kämpfen. Diese schlagartige Erkenntnis erschütterte mich. In gewissem Sinne mußte ich einräumen, daß die Gespenster, mit denen ich mich seit langem herumschlug, in mir ihr Ebenbild erzeugt hatten. Linda war diese Veränderung an mir nicht aufgefallen, aber das war nur ein schwacher Trost.

Nun wußte ich, es war der fremde Teil von mir, das Gespenst, das in mich hineingekrochen war, das es so eilig gehabt hatte, den Fehlschluß auszuräumen, zu dem Lindas Äußerung über die Vorzüge der Dunkelheit verführen konnte. Es ist ja dann wirklich einfacher, sich auszuziehen, hatte ich präzisiert. Dennoch, ich war mir mehr als sicher, daß mein Versuch, also der Versuch des fremden Gespensts, das einen Teil von mir mit Beschlag belegt hatte, vergebens gewesen war. Im Kopf des ANDEREN waren nur Lindas Worte haften geblieben. Er neigte ja dazu, uns nur in schlechtem Licht zu sehen. Linda nicht weniger als mich. War es nur aus Pflichtbewußtsein, oder war er tatsächlich von unserer Schlechtigkeit überzeugt?

Eine Verschwörung, ein Staatsstreich nackter Leiber, dachte ich. Fast mußte ich lachen. Der Sitz des Zentralkomitees der Partei bombardiert nicht mit Schrapnellen, sondern mit Sperma. Enver Hoxha tot in seinem Büro, die Zunge aus dem Mund hängend. Die Nationalgarde, bis zur Besinnungslosigkeit masturbierend, wird überwältigt. Das Gelächter in meinem Inneren bewirkte offenbar eine plötzliche Entspannung meiner Gliedmaßen, welche Linda sogleich wahrnahm und sich zunutze machte. Sie schmiegte sich an mich und flüsterte mir ins Ohr: »Heute nacht gibt es keinen Schlaf. Für uns gibt es heute nacht keinen Schlaf, oder?!«

»Selbstverständlich gibt es keinen Schlaf!« preßte ich zwischen den Zähnen hervor.

Es war wirklich nicht nötig, daß sie Altbekanntes wiederholte, über das wir uns bereits einig waren. Die Wärme, die noch in ihren runden, festen Brüsten wohnte, bewirkte bei mir nichts anderes als das Erwachen der Fliege in meinem Ohr. Offenbar hatte sich mein gespenstischer Teil mittlerweile derart breit gemacht, daß er Lindas weiblicher Wärme den Zugang zu meinem gesunden Teil versperrte.

Wenn es für uns keinen Schlaf gab, dann auch nicht für unseren AUFPASSER. Wir würden uns also lieben, unsere Lust befriedigen, ER würde arbeiten. Allerdings würde auch ihm die Mühe vergolten werden. Zum Beispiel durch eine Auszeichnung. Zum Beispiel durch eine Gehaltserhöhung. Mindestens durch ein Lob vom Chef. Auch er würde zu seiner Befriedigung gelangen, was wiederum den Beginn von Lindas Absturz bedeutete. Schließlich stammte die mehrdeutige Äußerung über die Dunkelheit aus ihrem Mund ... Sie ließ sich nicht mehr zurücknehmen. Nicht bloß, weil das Gehirn des ANDEREN sie aufgesogen hatte. Dünne magnetische Nadeln hatten sie als unwiderlegbares Zeugnis unserer Regimefeindlichkeit in ein Band geprägt. Wie allen, die sich in Freiheit befanden, ging auch Linda ein realistisches Gefahrenbewußtsein ab.

Bedroht war inzwischen auch ich. Hatte ich nicht in Panik von Linda verlangt, leiser zu sprechen?! Diese Aufforderung würde als besonders verdächtig gelten. Und der Verdacht traf mich: Was für eine Botschaft erhoffte ich mir von Linda, und von wem stammte sie? Bekanntlich wurden nur Heimlichkeiten geflüstert. Ich kannte nicht nur die Vorschriften im Lager, sondern war vom Kommandanten auch noch ausdrücklich zur Vorsicht während des Zusammenseins mit meiner Frau ermahnt worden. Außerdem, da war auch noch die Lehre aus der bitteren Geschichte meines Vaters Omer Tzatza.

Sollte geschehen, was geschehen mußte! Linda hatte mich umarmt und küßte mich, womöglich in einer letzten Anstrengung, meine männlichen Instinkte anzuheizen. In ihrer Leidenschaftlichkeit mischte sich das Verlangen nach Liebe mit tiefer Nervosität. O Gott! Mein Körper war erneut und endgültig fühllos geworden. Mein nackter Körper kam mir vor wie ein toter Fisch. Mich wunderte, daß Linda sich in seiner Gegenwart nicht ekelte. Vielleicht stank er ja sogar, wenn ich es auch nicht roch. Bestimmt stank er. Meine Haut juckte. Wo mich waschen? Hier gab es noch nicht einmal einen Wasserhahn. Zum Teufel! Immerhin, die Brüste meiner Frau waren noch nicht abgekühlt. Ihre Liebe war so tief, daß ich mich schuldig fühlte.

Lindas Nervosität war durchaus gerechtfertigt. Sie mußte schon lange die Geduld mit mir verloren haben. Meine Analyse als männlicher Häftling führte nicht weiter. Ich war noch nicht einmal imstande, mir die Frage zu stellen, was sie unter diesen Verhältnissen dachte. Vom Anfang dieser langen Nacht an hatte ich sie mir nicht gestellt. Ich hatte völlig vergessen, daß auch sie ein denkendes Gehirn hatte. Nicht etwa aus Egoismus. Auch nicht aus Geringschätzung Linda gegenüber. Der Grund war ein anderer, und er hing gerade mit den Veränderungen zusammen, die ich durchgemacht hatte, seit ich in Beziehung zur staatlichen Gewalt stand. Ich hatte mir angewöhnt, nur noch auf die Meinung derer zu achten, die mich in Ketten geschlagen hatten. Ich hatte mich darauf vorbereitet, Linda zu zeigen, wie sehr sich meine Welt erweitert hatte, daß ich mich nun besser in sie einfühlen konnte, mehr Phantasie hatte. Und nun geschah gerade das Gegenteil. Sie sah, daß meine Welt nur enger und ärmer geworden war, so sehr, daß es für ein zartes Wesen wie sie darin fast keinen Platz mehr gab.

Wie sehr hätte ich mir gewünscht, daß dies der Grund für Lindas Nervosität war! Sie sollte mich fragen. Sie sollte hart über mich urteilen. Ich meinerseits war fest entschlossen, ihren Fragen nicht mehr auszuweichen. Ich wartete.

Als sie mich dann ansprach, war ich völlig perplex:

»Bist du schwul geworden?«

Ihre Stimme war tonlos. Die Berührung ihres Körpers hatte etwas Blechernes, das mir ein Frösteln über den Rücken jagte. Ich mußte an die Parfüms denken. Welcher Duft konnte die Haut einer Frau in diesem Zustand ihre Zartheit wiedergeben?

»Nein«, sagte ich. Ich war fix und fertig. Zu schwach, um aus der Fassung zu geraten.

Die Luft in dem Zimmer, in dem wir eingeschlossen waren, war zum Ersticken dick. Irgendwo zwischen meinen Schulterblättern entstand ein Rinnsal eiskalten Schweißes. Linda brauchte mehr, wollte das Geheimnis meiner Versteinerung erfahren. Oder genauer, ich suchte eine Gelegenheit, Linda über das Geheimnis meiner Versteinerung aufzuklären. Sie hatte ihr Interesse auf das Niveau von Gefängnisanekdoten reduziert. Aus tausend Gründen, die gar nicht mehr so sehr mit der Existenz des BELAUSCHERS zu tun hatten, sondern mit der Lähmung meines Gehirns, war ich nicht imstande zu reden. Wie sollte ich ihr erklären, daß ich nicht mehr der gleiche wie früher war?! Wie konnte ich ihr Einblick in meine Brust geben, wenn sie dort nur den Polizisten fand, der darin saß? Ich bezweifelte, daß sie mich verstehen würde. Und sie hatte ja recht, wenn sie mich nicht verstand. Das Scheitern dieser so mühsam erkämpften Liebesnacht warf nur belanglose Fragen auf, wie die Lindas. Mir war wieder zum Weinen.

Und ich hätte auch geweint, wenn nicht ihre Frage gekommen wäre:

»Dann liebst du mich nicht mehr?«

Das hat mir gerade noch gefehlt, dachte ich. Wie konnte sie es wagen? Mein ganzes Verhalten seit ihrer Ankunft war ein einziger Beweis meiner tiefen Liebe. Nur die schönen Worte hatten gefehlt, die allerdings auch das Leichteste waren. Ich meine, das Unwichtigste.

»O Gott! Ich, dich nicht lieben?! Ich liebe dich, ich liebe dich so wahnsinnig wie nie zuvor!«

Ihr in der dicken Finsternis der Nacht verborgener Blick

bekundete Ungläubigkeit. Die Tränen, die sich Zeit gelassen hatten, in meine Augen zu steigen, strömten nun. Es waren stille, von keinem Schluchzen begleitete Tränen, die auf Linda keinerlei Eindruck machten. Ich dachte, sie hätte sie nicht bemerkt, und legte mein feuchtes Gesicht an ihren Busen. Doch sie schob meinen Kopf weg. Ihre Brüste waren kalt wie Schneebälle.

»Ich habe dich nicht betrogen«, fuhr sie mit der gleichen Kälte fort.

»O Gott! Natürlich ... sicher ... Davon bin ich überzeugt ... Ich schwöre dir ...«

»Ich habe dich in keiner Hinsicht betrogen.«

Linda sah voraus, daß ich ihr erneut beteuern würde, wie wenig ich an ihrer Treue zweifelte, in jeder Hinsicht. Sie legte ihre Hand auf meinen Mund. Das war nicht nötig. Ihre andere Hand wanderte zu meinem Unterleib. Sie zitterte. Doch sie hantierte daran mit der kalten Geschäftsmäßigkeit eines Pferdekastrierers. Ich wußte schon im voraus, was sie mich fragen würde.

»Bei den Mißhandlungen, haben sie dir da etwas kaputtgemacht?«

Diesmal klang ihre Stimme wieder mitleidig, was den unangenehmen Eindruck ein wenig milderte, den die Art ihrer Überprüfung bei mir hinterlassen hatte.

»Nein«, antwortete ich hastig, »ich schwöre dir!«

Schon seit einer Weile raste die Zeit, was mir in der üblen Lage, in die ich geraten war, nur recht sein konnte. Es würde rechtzeitig hell werden. Es würde zum Wecken geklingelt werden, und wir würden uns auf den Abschied vorbereiten. Ich würde zu meinesgleichen zurückkehren. Zu dem, der mir eingeschärft hatte, daß …

»Aber was, zum Teufel, hast du dann? Warum sagst du es mir nicht?« Sie war so außer sich, wie ich sie noch nie erlebt hatte.

Ich wußte nicht, wie ich sie beruhigen sollte. Der Wunsch, ihr meine Veränderung zu erklären, war verflogen. Ich überlegte mir, ob ich ihr nicht vielleicht am meisten dadurch half, daß ich sie weinen ließ. Ich fühlte mich wieder etwas freier. Wie hört sich wohl unser Weinen für dich an? richtete ich eine stumme Frage an den ANDEREN, als ob er vor mir stünde. Ich hatte sowenig die Kraft, ihn zu hassen, wie ich fähig war, an Lindas Verzweiflung zu leiden. Ich hatte nicht einmal die Kraft zu denken.

»Warum sagst du es mir nicht?« fragte sie wieder, diesmal bittend.

Mir war es inzwischen egal: ob sie mich nun anschrie oder anflehte.

»Laß es dir von IHM sagen«, gab ich zurück, mit den Armen krampfhaft in der Luft herumfuchtelnd. »Ich sage nur soviel: Heute nacht und in diesem Raum gibt es für uns nur Schlaf oder Verzweiflung. Liebe gibt es hier nicht … Dies ist kein Ort für die Liebe …«

Meine Arme fuchtelten weiter krampfhaft in der Luft herum, wie die Arme eines Ertrinkenden, der langsam untergeht.

DRITTES BUCH

I

Linda verabschiedete sich von ihrem Gatten in schweigender Hast, nur mit einem bebenden Händedruck. Irgend etwas hatte sie sogar an der üblichen Aufforderung gehindert, er solle auf sich aufpassen. Bardhyl Tzatza kam zu dem Schluß, daß dies weder Vergeßlichkeit noch Verwirrung zugeschrieben werden konnte. Es war ihm einfach nichts mehr geblieben, auf das aufzupassen sich gelohnt hätte. Es war ihm alles abhanden gekommen, was seine Frau an ihm geschätzt hatte. Er mußte daran denken, wie sechzig Jahre zuvor Oso Tzatza von seinem Sohn verlassen worden war.

An der Pforte wurde Linda vom diensthabenden Wachoffizier darüber informiert, daß sie das Lager nicht verlassen durfte, ohne zuvor Fragen beantwortet zu haben. Das leuchtete ihr nicht ein. Die wußten sowieso alles über sie.

»Eine Formalität«, beruhigte sie der Offizier.

»Und wenn ich nicht einverstanden bin?«

»Eine unumgängliche Formalität«, präzisierte der Offizier kurz, aber immer noch höflich.

»Sie sind noch so jung«, sagte Linda.

»Auch Sie sind noch jung«, antwortete er. Nichts an seinem Verhalten war provokativ.

Linda sah, wie absurd diese Unterhaltung war. Aber sie konnte sich einfach nicht zurückhalten.

»Vorname?« fragte der Offizier.

»Linda.«

»Nachname?«

»Hidi.«

Die Hand des Offiziers mit dem Stift erstarrte auf dem Papier.

»Haben Sie sich scheiden lassen?«

Linda war verwirrt.

»Mir ist nicht nach Scherzen zumute.«

»Ich mache keine Scherze«, erwiderte der Offizier ernst.

Linda war zu nervös, um klar denken zu können.

»Sie haben Hidi gesagt«, erklärte der Offizier.

Linda begriff und lächelte schuldbewußt.

»Entschuldigen Sie«, antwortete sie aufrichtig. »Ich bin sehr müde. Hidi hieß meine Mutter.«

Der Offizier quittierte ihre Antwort mit einem verständnisvollen Lächeln. Linda bedankte sich und sah zu, daß sie zu einem Ende kamen.

Sie konnte sich nicht erklären, wie sie auf den Mädchennamen ihrer Mutter gekommen war, die seit vielen Jahren nicht mehr lebte.

Lindas Mutter Selvia war hadernd aus dieser Welt gegangen. Linda war ihr einziges Kind. Immer wieder hatte sie bekräftigt, es gebe für sie nichts Wichtigeres im Leben, als die Tochter an einen Ort zu verheiraten, wo es kein Gefängnis gab.

Ihre Sorge war maßlos bis zur Wahnhaftigkeit, so daß Linda sie nicht ernst nehmen konnte. Sie legte noch nicht einmal Wert darauf, die Gründe für die schreckliche Angst ihrer Mutter vor dem Gefängnis zu erfahren. Bis sie dann beschloß, Bardhyl Tzatza oder Luli, wie sie ihn gleich allen anderen nannte, zu heiraten.

Die erste Frage ihrer Mutter war:

»Wo wohnt er?«

»In unserer Stadt«, antwortete Linda arglos.

Selvia fragte nicht weiter. Sie protestierte heftig:

»Du heiratest ihn auf keinen Fall. Verstanden?«

»Nein«, gab Linda ruhig zurück. »Kein Mensch versteht dich.«

Selvia schüttelte verzweifelt den Kopf.

»Das ist ja das Schlimme«, sagte sie. »Trotzdem, du tust, was ich sage.«

Linda verlangte keine Erklärung.

Selbstverständlich kam es für Linda nicht in Frage, daß ihre Mutter so einfach über ihr Schicksal entschied. Doch sie standen einander so nahe, daß es ihr schwer fiel, sich einfach über ihren Standpunkt hinwegzusetzen. Zum ersten Mal war Linda ernsthaft der Meinung, daß die Nerven ihrer Mutter so angegriffen waren, daß etwas unternommen werden mußte. Auf Lulis Vorschlag hin unternahm sie mit Selvia eine seltsame Reise durch Albanien.

»Ich habe Angst«, sagte Selvia. Doch sie nahm die Einladung an.

»Wovor hast du Angst?«

»Ich weiß nicht«, erwiderte die Mutter. »Aber ich bin sehr ängstlich.«

Weder Linda noch Luli maßen dem große Bedeutung bei. Sie glaubten die beste Lösung gefunden zu haben, um die Hindernisse für ihre Heirat aus dem Weg zu räumen. Die alte Frau sollte sehen, daß es keine Stadt ohne Gefängnis gab, sie sollte die Tatsachen anerkennen, sich von dem bösen Traum befreien, der sie seit so vielen Jahren beherrschte.

Die Reise dauerte zwei Wochen. In dieser Zeit erfuhren Mutter und Tochter viel voneinander. Linda hörte sich voller Mitleid die Lebensgeschichte ihrer Mutter an, doch sie war noch immer nicht imstande, sie zu verstehen.

Selvia mußte sich davon überzeugen, daß es in jeder Stadt ein Gefängnis gab. In manchen Städten auch zwei, ein altes und ein neues. Sogar in den großen Dörfern gab es Gefängnisse. Anders als es sich Linda und Luli erhofft hatten, verfehlte diese Entdeckung allerdings ihre Wirkung. Selvia akzeptierte die Tatsachen nicht, sondern resignierte nur endgültig.

»Dann heiratet eben«, sagte sie.

Sie wünschte nicht Glück und Segen. Sie klagte und verdammte auch nicht. Sie war nur leichenblaß.

»Heiratet«, wiederholte sie.

»Du scheinst dich nicht zu freuen«, sagte Linda. »Irgend etwas verheimlichst du mir.«

»Ich verheimliche dir nichts. Ich habe nichts mehr vor dir zu verheimlichen. Du weißt schon alles.«

Linda sah sie betrübt an. Das war aber auch schon alles. Obwohl sie inzwischen mehr über das Leben ihrer Mutter wußte, konnte sie sich immer noch nicht in sie hineinversetzen.

Der Offizier am Schalter des Wachhauses wartete ohne ein Zeichen von Ungeduld, bis Linda die übrigen Fragen des Formulars beantwortete. Als sie nach dem Namen ihrer Mutter gefragt wurde, sagte Linda:

»Wissen Sie, wie sie gestorben ist?«

»Nein.«

Obwohl der Offizier nicht die geringste Neugier erkennen ließ, fuhr sie fort:

»Ich habe sie umgebracht.«

Der Offizier zuckte unbehaglich mit den Schultern. Ihm war deutlich anzusehen, daß er keine Lust hatte, sich auf Unterhaltungen einzulassen, die über seine Pflichten hinausgingen.

»Ich habe sie umgebracht«, insistierte Linda mit zitternder Stimme.

»Ich glaube nur, was in den Akten über Sie steht«, meinte der Offizier mit leichtem Sarkasmus.

»Eigentlich nicht ich allein. Sie hat in ihrem Leben zwei schwere Schläge hinnehmen müssen. Einmal als junges Mädchen, durch ihren Vater. Das zweite Mal durch mich, ihre Tochter, ihr einziges Kind. Als ich heiratete.«

Der Offizier unterbrach sie. Sein Ton hatte sich geändert.

»Ich bin nicht hier, um Anzeigen aufzunehmen. Bitte beantworten sie nur meine Fragen! Vor- und Nachname der Mutter?«

»Selvia Hidi«, antwortete Linda. Sie hatte nicht mehr die Kraft, dem Offizier zu erklären, daß es ihr gar nicht um eine Anzeige ging. Sie wollte ja nur verstehen. Wenn auch spät, so war ihr doch klar geworden, wie nötig das war. Sie wußte inzwischen fast alles über das Leben ihrer Mutter. Was noch fehlte, war, daß sie endlich verstand, was sich in jener ersten Septemberwoche ereignet hatte, als das faschistische Italien kapitulierte. Damals waren die Häftlinge allesamt aus dem Gefängnis ausgebrochen und in die Berge gegangen.

II

Die Nachricht überraschte die Menschen nicht übermäßig. Es war beileibe nicht der erste Ausbruch politischer Gefangener aus dem Gefängnis, das schon seit der Türkenzeit in der mittelalterlichen Festung der Stadt untergebracht war. Den ganzen Tag über, am darauffolgenden Tag und noch mehrere Tage danach schwappte eine Flut von Gerüchten durch die Stadt, die sich alle um Hyqmet Hidi drehten, den dienstältesten Gefängniswärter und einzigen der sieben Aufseher, den die ausgebrochenen Gefangenen nicht zwecks Abstrafung mitgenommen hatten.

Hyqmet Hidis Ehefrau hieß Sania, sein einziges Kind, eine Tochter, Selvia.

Morgens früh war Sania wie üblich zum Brunnen ihres Stadtviertels gegangen. Dort begegnete sie ihrer Nachbarin Myneveri und der Müllersfrau, die bei Sanias Ankunft plötzlich ihr Gespräch unterbrachen. Da es ihnen wohl hauptsächlich darum ging, Sania neugierig zu machen, mußte diese nicht allzusehr in sie dringen, bis sie aus Myneveris Mund erfuhr, was vorgefallen war.

»Und warum haben sie Hyqmet nicht mitgenommen?« Sanias Stimme klang merkwürdig gleichmütig. Man hätte fast meinen können, sie bedauerte, daß ihr Mann davongekommen war.

Myneveri runzelte die Stirn. Sie musterte Sania mit einem gehässigen Blick, um herauszufinden, ob sie sich verstellte.

»Warum hätten sie ihn auch mitnehmen sollen?! Was hat er schon getan?!« sagte sie, um vollends auszuloten, ob ihr die andere nur etwas vorspielte.

Nun war es an Sania, die Stirn zu runzeln.

»Ich verstehe überhaupt nichts«, sagte sie.

»Das ist alles ganz einfach«, erwiderte Myneveri und fing an, die ganze Geschichte zu erzählen. Hyqmet hatte sich nicht gewehrt, als die erste Gruppe der befreiten Häftlinge von ihm die Schlüssel zu den Zellen ihrer Genossen verlangten. Er saß nur auf seinem üblichen Platz während der Dienststunden, einem Stuhl am Ende des Korridors, und schaute ihnen nach. Er rauchte erst noch seine Zigarette fertig, ehe er sich erhob, um schleppenden Schritts die verlassenen Zellen zu kontrollieren.

Myneveris Stimme klang hämisch. Es reicht jetzt! wollte Sania rufen. Das konnte doch alles nicht wahr sein. Aber sie brachte kein Wort heraus. Myneveri war plötzlich verschwunden. Sania sah nur noch die Hände der Nachbarin, die ständig gerieben wurden, als ginge es darum, vom Mund abzulenken, der nun davon berichtete, wie Hyqmet geraume Zeit laut geweint hatte. Das durfte doch einfach nicht wahr sein. Wieso sollte er weinen?! Aber er hatte geweint. Geschluchzt, daß die Gefängnisbalken bebten. Dann war er, ohne sich erst die Tränen abzuwischen, fluchend hinausgestürzt. Tobend riß er zwei große Steine aus der eingestürzten Festungsmauer, die den Gefängnishof begrenzte, nahm sie unter den Arm und keuchte mit ihnen in die erste Zelle zurück. Dort warf er sie zornig auf den Betonboden, dann blieb er kurz stehen und lauschte. Das Echo des Aufpralls brach sich an den kalten, feuchten Wänden (zu denen das Licht der Sonne noch nie vorgedrungen war), bevor es gleich erstickten Menschenschreien zu seinen Ohren zurückkehrte. In Ordnung, sagte er. Schlug die Türe fest hinter sich zu und legte den großen Riegel vor. Vergewisserte sich, daß alles vorschriftsgemäß abgeschlossen war, dann stürzte er wieder hinaus. Holte zwei weitere Steine und brachte sie in die zweite Zelle. Dann noch zwei für die dritte Zelle. Einen für die vierte … Als er bei der letzten Zelle anlangte, war er in Schweiß gebadet. Aber er spürte keine Müdigkeit.

Von seinen dünnen Lippen breitete sich ein glückliches Lächeln über das ganze Gesicht aus. Mit schweren und feierlichen Schritten, die bedrohlich hallten und das verkniffene Schweigen der verschlossenen Zellentüren zum Zittern brachten, durchmaß er den düsteren Korridor. Machte es sich wieder auf seinem Thron bequem. Legte sich den großen Schlüsselbund in den Schoß und drehte sich gemächlich eine Zigarette …

»Hast du wirklich das Gefängnis mit Steinen gefüllt?« fiel Sania über ihren heimkehrenden Gatten her, kaum daß dieser das Hoftor geöffnet hatte. Das war am Spätnachmittag.

»Was willst du, Weib?« antwortete Hyqmet Hidi im Weitergehen. Sie trat ihm in den Weg. Den ganzen Tag über war sie durch das Haus geirrt, benommen von der Ungeduld, mit der sie auf diese Begegnung gewartet hatte.

»Das Gefängnis! Ist es wahr, daß du gestern abend das Gefängnis mit Steinen gefüllt hast?«

Mit einer schallenden Ohrfeige schloß er ihr den Mund.

»Das geht dich nichts an. Auf, hinein mit dir!«

III

Jemand sah Hyqmet Hidi zornig zuschlagen und hörte den Befehl an seine Frau, dazu Sanias verzweifelten, an die Tochter gerichteten Schrei:

»Dein Vater ist verrückt geworden.«

Schon ein paar Minuten später erzählte man sich in der Innenstadt, Hyqmet habe gewaltsam versucht, seine Frau ins Gefängnis zu bringen.

Warum denn?

Du weißt doch: Er kann es nicht ertragen, daß sein Gefängnis leersteht.

Und da will er seine Frau hineinsperren?! O Gott! Was es nicht alles gibt?!

Was soll er sonst tun?! Sonst hört doch niemand auf ihn.

Da irrst du dich. Er wollte seine Frau nicht einsperren. Er wollte sie nur in der Nacht bei sich haben. So ein leeres Gefängnis frißt einen auf. Da muß man sich nicht wundern.

Der Unglücksmensch! Was hockt er auch die ganze Nacht dort herum? Um die Steine am Fliehen zu hindern?

Er kann nichts dafür. Das Gefängnis ist sein Leben. Er kann zu Hause schon gar nicht mehr schlafen, der Arme. Es ist nicht seine Schuld.

Das ist wohl wahr, setzte ein anderer ernsthaft hinzu. Man fragt sich ja schon, wie er überhaupt seine Tochter gezeugt hat.

Die Runde platzte fast vor Lachen.

Der letzte Sprecher schüttelte den Kopf, als beschäftige ihn dieses Rätsel wirklich.

IV

Während in den Barbiergeschäften über nichts anderes geredet wurde, pochte Hafiz Pascha mit dem Knauf seines Spazierstocks an Hyqmet Hidis Tor. Er war der einzige hohe Militärbeamte, den diese Stadt je hervorgebracht hatte, auch wenn er sich seiner Paschawürde nicht lange hatte erfreuen können. Gleich nach seiner Erhebung war das Osmanische Reich zusammengebrochen. Ganz offensichtlich trauerte er diesen Zeiten nach, denn er legte die Paschauniform niemals ab. Selbst als er dann zum Offizier der königlichen Kavallerie ernannt wurde, erwirkte er sich eine Sondergenehmigung und trug weiter die alte Uniform.

Sania öffnete ihm die Tür. Mit einem spitzen Schrei wandte sie sich jäh ab, als sei ihr eben ein Gespenst begegnet. Mit der langen, dürren Gestalt des Paschas hatte sie wahrhaftig nicht gerechnet. Er packte sie am Ellbogen und stieß sie vorwärts.

»Wegen dir bin ich nicht gekommen«, sagte er mürrisch.

Hyqmet drinnen erkannte die Stimme, aber er erhob sich noch nicht einmal von der Polsterbank, als der Pascha das Zimmer betrat. Er sah in nur kurz an und preßte ein dumpfes »Setz dich« hervor.

»Ich halte dich nicht lange auf«, sagte der Pascha. »Ich habe alles erfahren und mußte dich unbedingt sehen. Du solltest Pascha sein! Und Pascha wäre noch zu wenig.«

Der Pascha wartete die Antwort des Hausherrn erst gar nicht ab. Er ging davon, wie er gekommen war, mit schwankenden Bewegungen seines langen, dürren, krummschultrigen Leibes.

»Was hat er alles erfahren?« nutzte Sania die neuerliche Chance, ihre quälende Neugier zu befriedigen. Ihre Frage blieb unbeantwortet. Auf Hyqmets Stirn erschienen nur ein paar Falten, als krümmten sich Giftschlangen unter der Haut.

V

»Er redet mit niemand, er ist wie ein Stück Holz«, teilte Sania tags darauf ihrer Tochter mit.

Das war die Antwort auf Selvias Klage:

»Vater tut auch nichts, um mir zu helfen!«

Das Gesicht des Mädchens war tränenüberströmt. Grund ihrer Verzweiflung war der Sohn des Metzgers, der sie wieder einmal auf der Straße abgepaßt hatte.

Doch anders als sonst, bewunderte er diesmal weder den Glanz ihrer Augen noch ihre Frisur, noch bekräftigte er seinen Entschluß, sich ihretwegen umzubringen. Vielmehr bat er sie mit einem schwärmerischen Blick, alles zu vergessen, was er ihr je gesagt hatte: Nicht mehr länger an seine lautere, unschuldige Liebe zu denken.

»Wirklich, ich bin so froh, daß ich dich getroffen habe. Ich hatte solche Angst, du gehst, ohne mir vorher meine Sünden zu vergeben«, sagte er dann.

»Wie? Weshalb? Wo soll ich denn hin?«

»Ja, ins Gefängnis natürlich.«

»In welches Gefängnis?«

»In das Gefängnis deines Vaters, wohin sonst?«

»Warum denn? Ich habe doch nichts im Gefängnis zu suchen!«

»Doch, natürlich hast du das! Also, nur mit Steinen läßt sich der ganze Bau nicht betreiben. Steine kann man nicht verprügeln, da prellt man sich nur die Hand. Man kann sie auch nicht erstechen, da bricht einem das Messer ab. Einem

Stein ist es egal, wenn du ihn hungern läßt, der bettelt nicht um ein Stückchen Brot. Und wenn du ihm nichts zu trinken gibst, dann bettelt er nicht um einen Schluck Wasser. Wenn du ihn gnädig behandelst, weiß er es nicht zu schätzen. Wirst du grob, beschwert er sich nicht. Hyqmet hat schon recht. Ins Gefängnis gehören Menschen, wenn es ein Gefängnis sein soll. Oder vielleicht nicht?«

Der Metzgersjunge erwartete keine Antwort. Er stieß einen tiefen Seufzer aus und starrte sie an. Sein bekümmerter Blick nahm Selvia mehr mit als sein merkwürdiges Gerede. Sie wollte eigentlich etwas zu ihm sagen, was, das wußte sie, als sie ihrer Mutter davon erzählte, immer noch nicht, aber auf jeden Fall war es etwas sehr Wichtiges, das sie ihm hatte sagen wollen. Doch sie hatte kein Wort herausgebracht. Der Metzgerssohn war in Lachen ausgebrochen, ein irres Gelächter, daß glucksend aus seinem hüpfenden Brustkasten drang. Die Miene des reuigen Sünders war von seinem breiten, flachen Gesicht verschwunden.

»Er redet mit niemand, er ist wie ein Stück Holz«, wiederholte Sania. Damit meinte sie ihren Mann. »Aber sei nicht traurig! Der taugt sowieso nichts!« Damit meinte Sania den Metzgersjungen. Wie konnte sie ihre Tochter nur beruhigen? Ihr fiel nichts ein. »Uns bleibt auch nichts erspart! O Gott, was haben wir dir getan, daß du nicht wenigstens mit mir und meiner Tochter Erbarmen hast?!«

VI

Im Nebenzimmer, wo er sich am vergangenen Nachmittag, nach dem Blitzbesuch des greisen Pascha, eingeschlossen hatte, hörte Hyqmet Hidi alles mit.

Er verfolgte die Unterhaltung zwischen seiner Frau und seiner Tochter mit einem wahren Grabesschweigen. Und schwieg auch weiterhin, als habe er nichts gehört.

VII

Wogegen der Pascha schon ein paar Minuten, nachdem er sich von Hyqmet Hidi verabschiedet hatte, in Hakis Kaffeehaus wutschnaubend heißes Scherbett schlürfte. Er konnte sich kaum beruhigen. Er hatte bereits den Stuhl in der Hand gehabt, um ihn Mala dem Blöden über den Schädel zu schlagen. »Er spinnt nicht«, sagte der Pascha zu denen, die ihn zurückgehalten hatten, »er spinnt auf keinen Fall, er tut nur so, glaubt mir! Redet so ein Spinner?«

»Was macht er denn nun, dein Freund?« hatte Mala von hinten im Café hervorgerufen, kaum daß der Pascha eingetreten war.

Der warf ihm nur einen verächtlichen Blick zu.

Der Schwachsinnige fuhr fort:

»Was macht er denn nun? Woran hält er sich jetzt? Mit dem Faschismus ist es aus. Es gibt kein Gefängnis mehr. Keine Diktatur. Keinen Staat. Ha, ha! Der Mensch kann hingehen, wo es ihm paßt. Kann sagen, was ihm gerade einfällt, muß sich nicht umschauen, ob ihn die Spitzel belauschen. Ha, ha! Man legt sich abends friedlich ins Bett und wacht morgens friedlich wieder auf. Keine Polizei mehr an der Tür. Nichts mehr mit: Warum gibst du dich mit Politik ab, warum gibst du dich nicht mit Politik ab? Warum machst du rote Politik, warum machst du schwarze Politik? Bunte Politik, wie der Rock einer Zigeunerin. Politik ohne Farbe, wie Fischschuppen. Bei den Aborten auf dem Basar habe ich ein Bündel Uniformen gefunden. Ha, ha, wie die bloß aussahen! Deine war nicht dabei, Pascha!« Mala feixte noch eine Weile vor sich hin, wobei er gemächlich und geräuschvoll einen Keks zerkaute, versunken in das eigene grenzenlose Glück.

Auch die anderen Gäste im Kaffehaus staunten über seine Rede. Die ganze Stadt kannte Mala, und jeder hatte Mitleid mit ihm. Er war schon schwachsinnig auf die Welt gekommen. Die ganze Zeit trieb er sich auf den Straßen herum, aß, was man ihm schenkte, und schlief in irgendwelchen Ecken. Seit Jahren hatte er das elterliche Haus nicht mehr betreten. Sie schlagen mich dort, sagte er. Sie wollen mich einsperren. Das ist wie im Gefängnis. Er war ein harmloser Narr. Tat niemandem etwas zuleide. Verliebt grinste er die Frauen an und freute sich, wenn sie ihm ebenfalls ein Lächeln schenkten. Manchmal löste sich seine Zunge, dann wurde es drollig. Aber so klar wie heute hatte man ihn noch nie reden hören.

Was seine Zuhörer nicht wußten, war, daß Mala der

Blöde geradewegs aus dem Barbiergeschäft von Ali Qyfyrja kam. Dort hatte er die Weisheiten aufgeklaubt, die er nun zum besten gab.

In ernstem, fast pathetischem Ton fuhr er fort. Er berichtete, wie Hyqmet bei der Einquartierung der Steine in die Zellen die letzte Zelle für sich selber freigehalten hatte. »Er ist reingegangen und hat die Türe fest zugezogen, wie es im Gefängnis Vorschrift ist. Aber seine Ruhe hat er nicht gefunden, der Arme. Ihm ist ja eingefallen, daß man als Häftling nicht in einer unverschlossenen Zelle sitzen darf. Sonst ist man ja gar kein Häftling, weil man einfach hinaus kann, wenn man Lust bekommt, mit einer Frau zu schlafen oder mit seinen Freunden Karten zu spielen. Soviel Freiheit hat der Hyqmet Hidi noch nicht mal als Aufseher gehabt. Das ist ja gerade das Gute am Gefängnis, daß man seine Wünsche unterdrücken muß. Hi, hi, hi! Das war schon schlimm für den armen Hyqmet! Was sollte er tun?! Als sie die Tür gemacht haben, haben sie innen kein Schlüsselloch eingebaut, bloß um den armen Hyqmet zu ärgern. Der hat nun den ganzen Tag wie ein Häuflein Elend auf seinem Bretterkanapee gesessen und sich den Kopf zerbrochen, was er bloß machen kann. Hi, hi, hi! Ganz schön Pech für deinen Freund, meinst du nicht auch, Pascha?! Hi, hi, hi! Hat es nicht geschafft, sich im Gefängnis einzusperren, der Unglückswurm! Dabei hätte er bloß mich zu Hilfe rufen brauchen! Oder dich, Pascha. Den wahren Freund erkennt man in schlechten Tagen, oder nicht?«

Hafiz Paschas Geduld war am Ende. Er packte den nächstbesten Stuhl und erhob ihn, um ihn mit aller Kraft auf Malas des Blöden winzigen Schädel niedersausen zu lassen. Dieser war vor Angst erstarrt und machte noch nicht einmal die kleinste Bewegung, um dem Schlag auszuweichen. Bestimmt wäre sein Schädel wie eine unreife Melone zerplatzt, wenn nicht gleichzeitig zwei oder drei Leute nach dem erzürnten alten Pascha gegriffen hätten. Sie bekamen den schweren Stuhl genau in dem Moment zu fassen, als er mit ihm zuschlagen wollte.

»Laßt mich los«, schnaubte Hafiz Pascha. Sein Gesicht war feuerrot angelaufen, und sein Kinn zuckte wie ein Schlegel. »Ich murkse den Hundesohn ab!«

»Hi, hi, hi!« kicherte Mala wieder, bevor er die Flucht ergriff. »Der glaubt, er beleidigt mich, wenn er meinen Vater einen Hund nennt! So ein Trottel! Hi, hi, hi!«

VIII

Zur gleichen Zeit sann der Redakteur der soeben geschlossenen Zeitung der Stadt wehmütig darüber nach, welch sensationelles Ereignis hier vergeudet wurde, weil man es nicht in die Spalten der Presse bannen konnte. In seinem Kopf zeichneten sich bereits die Umrisse einer erschütternden Reportage ab. Ein alter Gefängnisaufseher, der sein Leben lang an kalten, schrecklich glatten Betonwänden entlanggewandert ist, vorbei an dicken, im ewigen Dämmerlicht rostig starrenden Eisentüren, ist plötzlich allein. Ganz allein. Die Häftlinge machen sich frohgemut davon und nehmen nicht nur ihre widersetzlichen Bemerkungen, das Jammern unter der Folter, das Flehen nach Gerechtigkeit, das Schnarchen ihres unruhigen Schlafes, sondern auch die Ausdünstungen ihrer wochenlang ungewaschenen Körper mit. Das ganze Gefängnis füllt sich mit einer Stille, die so modrig ist wie Tümpelwasser. Der professionierte Aufseher geht durch einen Alptraum. Äußerlich passiert nichts Schlimmes. Doch langsam schnürt es ihm den Atem ab. Um zu erwachen, schlägt er seinen Kopf heftig gegen die Wand.

Der trockene Knall, der dabei entsteht, breitet sich nicht aus wie Geräusche sonst. Er verharrt in seinem Schädelinnern wie eine verschreckte Schildkröte, die sich in ihrem Panzer verkrochen hat. Der Schädel dröhnt noch eine ganze Weile nach. Dem Wärter wird schwarz vor Augen. Der stechende Schmerz rüttelt ihn durch, bringt ihn wieder zu sich. Mit einer unnatürlichen Leichtigkeit erhebt er sich und geht hinaus.

Im Hof gibt es keine großen Steine. Er schnaubt vor Zorn. Was sind das für Leute, die ein Gefängnis gebaut haben, ohne für jeden Notfall vorzusorgen?! Er stürmt zu dem zerfallenen Festungswall, der den Hof begrenzt, in dem früher die politischen Häftlinge ein paar Minuten Luft schnappen durften. Ja, früher, seufzt er.

Eine unbändige Kraft, wie man sie diesem absolut normal dimensionierten Männerkörper niemals zugetraut hätte, erwächst ihm. Der plötzliche Kraftgewinn versetzt ihn in eine Art Trunkenheit, die in Dampfschleier hüllt, was durch die Augen zu seinem Gehirn gelangt. Seine Gliedmaßen tun, wie von Zauberhand gelenkt, von selbst ihre Pflicht. Das Auge muß der Hand nicht zeigen, zu welchem Stein sie greifen und an welchem Ort sie ihn ablegen soll. Der Fuß findet von alleine Halt. Der Körper wendet sich von selbst in die richtige Richtung. Wieder und wieder geht der Wärter hinein und wieder hinaus, beladen und unbeladen, mitgerissen vom Rausch seiner erzürnten und beleidigten Seele, die vor Vollendung der Rache zu keinem Verzeihen willens ist.

In einem klaren Moment erkennt er den großen Haufen Steine im Korridor. Die Dampfwolke löst sich auf, in die alle Dinge ringsum gehüllt gewesen sind, er nimmt wahr, wie die Spannung seine Muskeln verläßt, und zwar mit einem Zischen, als gieße man Wasser in die Glut. Langsam und akkurat richtet er eine Mauer auf, welche den Haupteingang verschließt. Drinnen ist er allein. Bis zum Schluß arbeitet er ruhig und bedächtig, ja, er pfeift dabei sogar leise ein Liebeslied vor sich hin ...

Ein beispielloser Fall von Selbsteinmauerung, dachte der von beruflicher Begeisterung übermannte Journalist traurig. Was für eine wundervolle politisch-psychologische Reportage ließe sich daraus machen, die ganz eigenartige, mit nichts anderem vergleichbare Metamorphose eines Mannes enthüllend, der sein Leben lang in einer Umgebung gefangen gewesen ist, in der Verständnis und Wärme nicht existieren, wo die Menschen nur im gegenseitigen Mißtrauen verbunden sind, sich als Vergewaltiger und barbarisch Vergewaltigter gegenüberstehen. Wenn man auf diese Weise zum Zeugen systematischen Verbrechens wird, so verdichten sich einem in der Seele bohrender Schmerz und gefährlicher Wahn zu einer gefährlichen Mischung, die schließlich in unvorstellbaren Exzessen explodiert.

Andererseits hatte nicht allein die Absurdität der Geste des Aufsehers Hyqmet die Stadt sogleich zum Kochen gebracht. Die Gründe lagen wesentlich tiefer. Schließlich gehören absurde und lächerliche Vorgänge zum Alltag einer Stadt und werden, abgesehen von einem gewissen höhnischen Vergnügen, ohne größeres Aufsehen abgehakt oder allenfalls in Form von Anekdoten registriert, die man sich später einmal erzählt. Ihm würde diese Reportage Gelegenheit geben, sich wahrscheinlich zum ersten Male damit auseinanderzusetzen, welchen Platz das politische Gefängnis als Institution im Leben einer Stadt einnimmt, und zwar nicht nur in Phasen der Ruhe, in denen sich die Verhaftung eines Regimegegners als etwas Außerordentliches, Spektakuläres darstellt, sondern auch in zutiefst chaotischen Perioden, in denen Verhaftungen an der Tagesordnung sind und deshalb auf niemand mehr bedrohlich zu wirken scheinen, somit auch nicht mehr als Element der Aufrechterhaltung politischer Ruhe in der Gesellschaft taugen. Aus der Erkenntnis, daß die Stadt, ungeachtet aller Wendungen der Zeit, nie aufhörte, der Institution Gefängnis ihre volle Aufmerksamkeit zukommen zu lassen, ergab sich eine

Frage, die sich der Journalist fast laut gestellt hätte: Würde es einmal so weit kommen, daß die Stadt eine andere Einstellung zum Gefängnis entwickelte, frei von Angst und zerstörerischen Absichten? Wie sehen die Gefängnisse wohl aus, wenn die Kommunisten siegen? An dieser Stelle stockte sein Gedankengang.

Er konzentrierte sich wieder auf den konkreten Gegenstand seiner Reportage. In der Zeitung hätte man zur Abrundung des Artikels noch ein Interview mit Mala dem Blöden hinzufügen können, worin dieser Auskunft gab, weshalb er überall herumerzählte, es werde bald keine Diktatur und keine politischen Häftlinge mehr geben. Gefängnisse mußten ekelhaft und abstoßend sein, wenn nur gewöhnliche Gauner dort verwahrt wurden, und furchterregend, wenn nur Schwerverbrecher darin einsaßen. Nur politische Gefangene verliehen einem Gefängnis Prestige. Ouh! stöhnte der Jounalist erregt und schlug mit der flachen Hand heftig auf den Tisch. Was für eine Sünde, daß die Reportage zu diesem für alle so wichtigen Thema ungeschrieben bleiben mußte: das Thema ernster Pflichterfüllung spannend präsentiert, und gleich daneben die Vorstellung eines Idioten von Freiheit. Gewiß hätte sich die Auflage der Zeitung schlagartig verdoppelt, und dem Autor wäre nicht nur ein fettes Honorar, sondern auch ein Ruf sicher gewesen, wie man ihn sich auch mit hundert noch so bemühten Allerweltsartikeln nicht erwerben konnte. Das Interview mit Mala dem Blöden läuft mir nicht davon, dachte er, mehr um sich zu trösten. Das kann ich auch noch später machen, wenn die Zeitung wieder erscheint. Dann fiel ihm ein, daß Mala später womöglich nicht mehr der gleiche war. Besser, man brachte das Gespräch gleich unter Dach und Fach, um es dann zur gegebenen Zeit zu veröffentlichen! In seiner zierlichen Handschrift notierte er auf dem Block: NUR JEMAND WIE ICH, DER TUN UND LASSEN KANN, WAS ER WILL, IST FREI. Mala der Blöde. Interview.

Diese Meinung, wie er sie in Hakis Kaffeehaus aus Malas des Blöden Mund vernommen hatte, kam ihm dann doch reichlich merkwürdig vor. Kann es denn, fragte er sich, für geistig gesunde Menschen eine solch grenzenlose Freiheit überhaupt geben? Er gab sich große Mühe, eine Antwort zu finden, bis ihm bewußt wurde, daß es um den Ausspruch eines Geisteskranken ging. Er mußte über sich selber lachen.

Drei Tage lang (die letzten drei Tage seines Lebens wurden gleichsam aufgefressen) fand der Journalist keine Ruhe. So eng fühlte er sich den Ereignissen im Gefängnis verbunden, so große Bedeutung maß er ihnen bei, daß er sich keine Sekunde lang ihrer Verführungskraft zu entziehen vermochte. Nach vielen Stunden des sinnverwirrenden Hin- und Hergerissenseins zwischen heftiger Verlockung und der Einsicht in die Unmöglichkeit einer Realisierung stellte er plötzlich fest, wie sehr ihn der Gedanke entzückte, einen Roman zu verfassen, obwohl er sich noch nie zuvor an künstlerischer Prosa versucht hatte. Zum flinken Blick des gewieften Reporters gesellte sich nach und nach die forschende Beharrlichkeit eines Romanciers. Diese Veränderung, insbesondere die Emanzipation von der sprichwörtlichen Ungeduld des Journalisten, der seinen Text möglichst rasch beendet und gedruckt sehen möchte, beglückte unseren Helden und schenkte ihm neue Zuversicht. Er legte ein weiteres Heft an, in dem er, mit eigenen Kommentaren versehen, alles genauestens notierte, was ihm ringsum über seinen Gegenstand zu Ohren kam. Die neuen Versionen, die allenthalben aus dem Boden schossen, stellten Hyqmets Taten jeweils in einem anderen interessanten Licht dar, wobei bestimmte Bestandteile stets unverändert blieben, so die plötzliche Vereinsamung des Protagonisten infolge der Selbstbefreiung der Häftlinge, die Steine aus den Trümmern des mittelalterlichen Festungswalls sowie die feuchte Kälte der Gefängnisumgebung. Während er sich von einer Version zur nächsten bewegte, entfaltete sich seine Phantasie auf wunderbare Weise, und seine, des Autors, Ideen gewannen Gestalt. Jedes neue Geschichtlein beglückte ihn wie ein unverhofftes, kostbares Geschenk. Er war davon überzeugt, seine Phantasie allein, da war er sich sicher, hätte ihn nie so weit gebracht.

IX

Hyqmet Hidi verbrachte nach wie vor die Morgen-, Nachmittags-, Abend- und Nachtstunden auf der Polsterbank mit Zigarettenrauchen. Nichts an ihm deutete auf Grübeln hin. Oder auf Unruhe. Im Gegenteil. Sein Gesicht und die sparsamen Bewegungen seiner Hände, die nur den Zigaretten galten, drückten tiefe Ruhe aus. Bei den seltenen Gelegenheiten, da sich ihr Zutritt zum Zimmer bot, starrte Sania ihn entsetzt an.

Ihr Entsetzen wuchs noch mit der Erkenntnis, daß alles andere als Wahnsinn aus seinem Blick sprach. Der Verdacht des Wahnsinns war ihr angesichts seiner unnatürlichen Ruhe gekommen, und sie hatte ihn mit einer gewissen Erleichterung vermerkt. War er wahnsinnig, dann wußte sie, wie mit ihm umzuspringen war. Wie ihm zu helfen war, verbesserte sie sich reumütig. Auch die anderen würden sich sein merkwürdiges Verhalten erklären können. Wenn überhaupt stimmte, was man sich über ihn erzählte, wie sie schon wieder reumütig ergänzte.

Aber er war keineswegs wahnsinnig. Noch nicht einmal verstört. Er war so überaus ruhig, als sei er soeben aus dem Türkischen Bad zurückgekehrt. Leider, dachte Sania. Diesmal drückte sie keine Reue.

X

Es hieß, die neuen Versionen von Hyqmet Hidis Geschichte würden vom einzigen Barbier der Stadt in die Welt gesetzt, Ali dem Witzbold, wie ihn alle riefen, weil er die ganze Zeit selbsterfundene Anekdoten über seine Mitbürger erzählte. Er dachte sie sich so schön aus, daß keiner ihm böse sein konnte. Sein Barbiergeschäft war von morgens bis abends voll, auch wenn nur wenige Kunden unter den Besuchern waren. Die Leute rasierten sich gewöhnlich zu Hause und schnitten sich gegenseitig die Haare. In dieser Stadt maß man dem Zustand eines Kopfes keine große Bedeutung bei. Ab dem Alter von neun oder zehn Jahren hielt man seine Haartracht unter einer weißen Filzmütze, der Qeleshe, oder einem Kopftuch verborgen. Im Barbiergeschäft versammelten sich die Müßiggänger, die den Tag damit totschlugen, sich Ali Qyfyrjas spöttische Reden anzuhören oder einander zu necken. Unter anderen Umständen wäre unserem Journalisten ein stundenlanger Aufenthalt in solcher Gesellschaft undenkbar erschienen. Seine Verachtung für diese leichtsinnigen Tagediebe war grenzenlos. Sie schwatzten über nichts anderes als die Hitze, die auch jetzt, in der zweiten Septemberhälfte, noch immer nicht nachlassen wollte.

Zögerlich trat der Journalist über die Schwelle des Barbiergeschäfts. Er rechnete damit, daß alle Anwesenden ihn anstarren würden. Wenn nicht drohend, so doch wenigstens fragend. Wie konnte sich der bekannteste Literat der Stadt dazu herablassen, ihre triviale Gesellschaft zu suchen? Sie würden sich wichtig fühlen, wenn sie erst seine Antwort kannten.

»Ihr interessiert mich«, wollte er sagen. Es kam nicht dazu. Keiner würdigte ihn eines Blickes, und der Journalist wußte nicht genau: Sollte er erleichtert aufatmen oder sich in seinem Stolz gekränkt fühlen? So schaute er sich erst einmal nach einem freien Stuhl um, auf dem er sich dann schweigend niederließ. Wenigstens der Barbier versuchte mit einer Geste zu erkunden, ob er seine Dienste in Anspruch zu nehmen wünsche. Gleichfalls mit einer Geste beschied ihn der Journalist abschlägig. Der Barbier lächelte freundlich, so daß dem Jounalisten ein wenig leichter ums Herz wurde.

XI

Bei der Erforschung ihrer eigenen Familiengeschichte war Linda der Notizblock des Journalisten in die Hände geraten. Sie konnte den Aufzeichnungen entnehmen, daß dieser gegen Mittag Ali Qyfyrjas Barbiergeschäft wieder verlassen hatte. Auf dem Heimweg hatte er sich mit einigem Erstaunen eingestanden, daß er ein reichlich oberflächliches Bild vom Leben in seiner Heimatstadt gehabt hatte. So lethargisch, wie sie sich einem auf den ersten Blick darstellte, war sie gar nicht. Er hätte sich gerne weiter in diese durchaus befriedigende Erkenntnis vertieft, doch fehlte ihm dazu die Zeit. Sein Augenmerk konzentrierte sich ganz auf das Gefängnis. Beim Barbier hatte er erfahren, daß Hyqmet, ringsum von Mauern umgeben, von einer unwiderstehlichen Sehnsucht nach dem Leben draußen ergriffen worden war. Er dachte an den Gesang der Vögel, den Duft der Blumen, das Sausen des Windes, das Glühen der auf- und untergehenden Sonne, das gedämpfte Licht des

Mondes, das den Sommernächten Wärme gibt und die Winternächte noch kälter macht, die verspielten Zärtlichkeiten seiner Tochter, die aufregenden Zärtlichkeiten seiner Frau, den kleinen, inzwischen schon ziemlich eingesunkenen Erdhügel des väterlichen Grabes sowie an Nezvat, einen seiner Vettern, der in seinem Alter war. Ach, Nezvat! Vor ein paar Jahren hatten sie einmal zusammen so kräftig dem Alkohol zugesprochen, daß sie schließlich beide sturzbetrunken gewesen waren. Mit schwerer Zunge, als hätte er lauter Nüsse im Mund, hatte Nezvat zu ihm gesagt:

»Ein dreckigeres Geschäft als deines, Vetter, gibt es nicht. Laß endlich die Finger von diesem Scheiß, hör auf mich!«

»Das stimmt gar nicht«, widersprach Hyqmet, »da liegst du ganz falsch. Wenn es uns nicht gäbe, dann würden die Leute sich gegenseitig den Schädel einschlagen. Sie würden dir unter dem Bauch weg die Frau aus dem Bett stehlen.«

Hyqmet bestand auf seiner Meinung. Nezvat, der gleichfalls nicht nachgab, schürzte verächtlich seine Lippen, und hinter seinem Rücken erklang ein Geräusch wie beim Platzen eines Luftballons. Damit war die Debatte beendet.

Am Morgen erwachten beide auf dem Mist im Pferdestall, weil sie am Abend vorher der festen Überzeugung gewesen waren, sie seien Pferde.

Drinnen in seinem Gefängnis mußte Hyqmet Hidi an viele Dinge denken, und alles erschien ihm wunderschön.

Es lag in sehnsüchtiger Ferne, in einer anderen, fatalerweise unwiederbringlichen Welt. Warum habe ich nur keine Augen für all diese Schönheit gehabt? fragte er sich ärgerlich.

»Mit einem Wort, auch Hyqmet ertrug die Ketten nicht länger, der Traum von Freiheit erwachte auch in ihm«, warf einer in feierlichem Ton ein.

»Ja«, erwiderte der Erzähler ernst.

Er wartete einen Moment ab, ob noch weitere Fragen kamen, und fuhr dann mit seinem Bericht fort.

Es war ja nur zu verständlich, daß endlich auch Hyqmet beschlossen hatte, unter allen Umständen aus diesem Loch herauszukommen. Aber wie? Er wählte nicht den leichten Weg, die selbsterrichtete Mauer niederzureißen. Ein Schubser mit der Schulter hätte dazu genügt. Schließlich war kein Mörtel zwischen den Steinen. Hyqmet Hidi machte sich daran, einen unterirdischen Gang zu graben, mit einem abgebrochenen Löffel, den er in einer Zelle gefunden hatte, und mit den Fingernägeln. Er suchte einen ehrenvollen Weg aus dem Gefängnis. Die Erde beförderte er in seinen Taschen zum Abort und warf sie dort ins Loch, wie es ihm einst, in den Zeiten des Königreichs, zwei geflohene Häftlinge vorgemacht hatten. Er arbeitete bis zur völligen Erschöpfung. Als es abends dunkel wurde, kam seine Frau, um nach ihm zu schauen. Sie war entsetzlich besorgt wegen des langen Ausbleibens ihres Gatten und des wilden Geredes, das wie ein heftiger Wind von Hoftor zu Hoftor durch die Gassen fegte. Man wird sich nicht wundern, daß sie laut aufschrie, als sie ihren Mann im Korridor liegen sah.

Sania hielt ihn für tot. Noch bestürzter war sie, als sie seine wie von Adlerschnäbeln zerhackten Fingernägel und die mit Erde gefüllten Taschen erblickte. Sie legte ihr Ohr an sein Herz: es schlug. Die Frau konnte sich einfach nicht erklären, was mit ihrem Mann geschehen war. Eine unbekannte Seuche? Immerhin, er lebte. Nun hatte sie ihrer Pflicht als Ehefrau zu genügen. Unter großen Mühen hob sie ihn auf, lud ihn sich auf den Rücken und schleppte ihn nach Hause.

Einer der Zuhörer unterbrach den Erzähler. Er wußte nämlich ganz genau, daß die Frau nicht ins Gefängnis gegangen war. Hyqmet hatte das Graben schnell wieder aufgegeben. Es ging einfach nicht. Schließlich sah die Gefängnisordnung vor, daß niemand mehr als zweimal am Tag auf den Abort gehen durfte. Was in Anbetracht der abzutransportierenden Menge Erde bedeutete, daß er noch bis zum nächsten Jahr auf seine Freiheit hätte warten müssen. Das war dann doch zu spät.

Hyqmet Hidi mußte sich nicht aus lauter Verzweiflung umbringen, denn es gab noch eine andere Lösung: Es blieb ihm der Versuch, durch den Abwasserkanal zu fliehen. Verstohlen drückte er sich um die Ecken, als beobachteten ihn tausend unsichtbare Augen. Das größte Problem war der Weg vom Flußufer, wo der Kanal mündet, bis nach Hause. Er durfte ja nicht auffallen. Jeder, der ihm begegnete, war ein potentieller Verräter.

Als seine Frau die Tür öffnete und ihn so vor sich sah, von Kopf bis Fuß mit Kot beschmiert und hundert Meter gegen den Wind nach Jauche stinkend, vermochte sie einen

Entsetzensschrei nicht zu unterdrücken. Hyqmet Hidi konnte sie nur mit einer raschen Maulschelle wieder zu sich bringen.

»Wegen dir bin ich so auf den Hund gekommen«, sagte er knapp und schob sie zur Seite. Er durfte nicht zu lange draußen stehenbleiben.

Man berichtete so ernsthaft und eindringlich, daß der Journalist ganz aus dem Konzept geriet. Es gelang ihm nicht, Wahrheit und Erfindung auseinanderzuhalten. Alles ent- und verwirrte sich pausenlos aufs neue. Tröstlich war nur, daß er alles, was er hörte, für seinen Roman brauchen konnte. Das war schließlich die Hauptsache.

Kaum zu Hause angekommen, setzte er sich an seinen Schreibtisch, um alles im Heft festzuhalten. Dann nahm er mit ungewöhnlichem Genuß sein Mittagessen ein und leerte dazu auch noch eine ganze Flasche Wein, was bei ihm nicht oft vorkam. Er gehörte zu den prinzipienfesten Vertretern seiner Zunft, für die ein Journalist immer klaren Kopf zu behalten hat.

XII

Sania dachte, ein Gespräch Hyqmets mit seiner Tochter sei vielleicht nützlich, um ihn wieder zu sich zu bringen. Umso mehr, als auch Selvia dringend eines solchen Gesprächs bedurfte, denn sie war in tiefste Verzweiflung versunken. Wenn nicht Worte, so würde doch vielleicht das Blut sprechen, das Vater und Tochter verband. Und selbst wenn nichts dabei herauskam, schaden konnte so ein Gespräch auf keinen Fall, da war sich Sania sicher.

Das war ein Irrtum. Selvia ließ sich nicht überreden.

»Ich habe ihm nichts zu sagen.«

Sania versuchte ihr klarzumachen, wie sehr der Vater ihres liebevollen Zuspruchs bedurfte.

»Und ich, brauche ich keine Liebe?« begehrte die Tochter auf.

Sania mußte ihr recht geben.

»Das gilt für euch beide. Aber Vater braucht heute mehr«, wirkte die Mutter weiter geduldig auf das Mädchen ein, bis es schließlich halbherzig zustimmte. Als Selvia schon die Hand erhoben hatte, um an des Vaters Tür zu klopfen, ließ sie noch ein letztes Mal ihre Wut ab:

»Soll er sich vergiften an meinem Kuß!«

Sania verschloß ihr mit der Hand den Mund. Hyqmet würde diesen Scherz womöglich gar nicht lustig finden.

»Das ist kein Scherz«, sagte Selvia entschieden und machte eine Schnute. »Sehe ich nicht aus wie eine Viper?«

»Du kleine Teufelin«, gab Sania zärtlich zurück und schob sie ins Zimmer.

Sania versuchte vergebens, durch die Tür etwas von der Unterhaltung zwischen Vater und Tochter mitzubekommen. Es waren überhaupt keine männlichen Laute zu vernehmen, was die Frau nicht weiter verwunderte. Durchaus möglich, daß Hyqmet weiter den Stummen spielte. Aber wieso redete Selvia nicht?

Sania rieb sich die Ohren. Hatte sie plötzlich einen Gehörsturz erlitten? Die ganze Welt war in unheilvolles Schweigen versunken.

XIII

Ohne jemandem etwas davon zu erzählen, nicht einmal seiner Gattin Aneta, einer Frau von hübschem Angesicht, aber etwas ungefälligem Körperbau: von der Mitte aufwärts war sie ziemlich dünn, wogegen Hüften und Schenkel in die Breite strebten, um dann übergangslos in prallrunde Waden überzugehen, also, ohne selbst Aneta etwas davon zu sagen, ließ sich der Journalist nun häufiger in den Cafés sehen.

Er bevorzugte weiterhin Hakis Kaffeehaus. Dort konnte man zu jeder Tagesstunde mit absoluter Sicherheit Mala den Blöden dabei antreffen, wie er die herrschaftslosen Zeiten ohne Diktatur und ohne politische Gefangene, welche die Stadt gerade durchmachte, hochleben ließ. Und er stritt sich mit Hafiz Pascha, der seit seiner ersten Auseinandersetzung mit dem Schwachsinnigen nur noch mit dem Jatagan, dem kurzen Krummschwert, am Gürtel ausging. Daran erkennt man einen Mann, pflegte der Pascha zu sagen und streichelte dabei über den silbernen Griff der Waffe. Das ist nicht wie diese Pistölchen, die man genausogut einem Säugling in die Hand drücken kann: er krümmt den Finger und es macht bumm! Das hier braucht einen Männerarm! Schmunzelnd hörten die Leute zu, und sie ermunterten ihn, von seinen früheren Heldentaten in Syrien und Libyen zu berichten, welcher Bitte er stets mit ernstem Stolz nachkam.

Mala bemerkte die Erheiterung der Männer ringsum und faßte Mut. Hüpfend umkreiste er den Tisch des greisen Pascha, streckte ihm die Zunge heraus und sang, begleitet von einem Speichelregen:

»Pascha, hin bist du,
aus ist's mit der Diktatur,
dein Fell ist keinen Groschen wert.«

Dann rief er:

»Willst du deinen Jatagan nicht Ali Qyfyrja schenken, der macht dann ein Rasiermesser daraus! Ha, ha, ha! Hi, hi, hi! Wo hast du denn deinen Gefängnis-Hyqmet gelassen?«

»Mit dir gebe ich mich doch gar nicht ab«, erwiderte der Pascha verbissen. »An dir mache ich mir doch meinen ruhmvollen Jatagan nicht schmutzig. Du tust mir bloß leid. Was kann ich dafür, daß dir der liebe Gott so wenig Verstand mitgegeben hat?«

»Hi, hi, hi!« feixte Mala. »Ich mit einem leeren Kopf, der Pascha ohne Armee, sein Freund Hyqmet ein Wärter ohne Gefängnis. Hi, hi, hi! Was sind das bloß für Scheißzeiten!«

XIV

Am zweiten und am dritten Tag verließ Hyqmet das Haus wieder nicht. Er kam auch nicht aus seinem Zimmer und war für niemanden zu sprechen. Auf dem Rücken liegend, starrte er die Decke an und qualmte eine Zigarette nach der anderen. An Sania richtete er nur einmal ein Wort, als er ihr den Befehl erteilte, niemanden zu ihm vorzulassen. Dies war nach dem stummen Zwiegespräch mit seiner Tochter. Wenn jemand käme, solle sie ihm sagen, Hyqmet schliefe und dürfe nicht gestört werden.

Tatsächlich hatte er die ganze Nacht kein Auge zugetan, und auch das Tageslicht machte ihn nicht schläfrig. In seinem Kopf knisterte unentwegt ein Feuer, dessen Rauch durch die rußverschmierten Augen hinausdrang. Das ist ein Zauberrauch, dachte Hyqmet Hidi. Normaler Rauch, selbst wenn er aus dem Kopf eines Menschen kam, formte sich nicht zu so merkwürdigen Gestalten, die selbst einem mit Einsamkeit und Finsternis vertrauten Mann leicht das Fürchten lehren konnten. Gut, daß seine Frau in der Nähe war. Auf die Hilfe seiner Tochter hoffte er nicht. Aber seine Frau würde ihn nicht im Stich lassen. Vergeblich versuchte er zu schreien. Er war auch dazu zu schwach.

Es kam anders, als er befürchtet hatte. Er gewöhnte sich an die ungewöhnlichen Gestalten. Und zwar, als er unter ihnen sich selbst entdeckte. Ein unterhaltsames Spiel begann. Den Hyqmet, der ihm da begegnete, hätte er fast nicht wiedererkannt. Er trug ein Hemd, eine Jacke und

Hosen aus Blech, ehernes Schuhwerk in Form von Hufeisen, alles fest aneinandergefügt und nur an einer Stelle offen, am Bauch, gerade dort, wo der Nabel ist. Dort baumelte scheppernd ein großes Vorhängeschloß. Die Hände hielt er hinter dem Rücken versteckt, und er stritt sich mit jemandem, der für den echten Hyqmet, den, der auf dem Kanapee lag, nicht sichtbar war: »Ach, du willst den Schlüssel?! Den bekommst du nicht, und wenn du mir ins Gesicht springst. Laß das Betteln. Du bekommst ihn nicht, und Punkt! Begreifst du nicht, wenn du das Schloß aufmachst, dann fallen mir die Därme heraus, die Lungen, das Herz, die ganzen Eingeweide! Dann bin ich so leer wie eine Flöte.« Und er lachte drohend. Nach diesem Gelächter löste er sich in Rauch auf und verschwand, um gleich wieder aufzutauchen.

XV

Die völlige Absonderung ihres Ehemannes von der Welt bewirkte, daß auch Sania nur noch selten ausging.

Außer Hafiz Pascha kamen keine anderen Besucher mehr.

Tochter Selvia wiederum hatte bereits am Morgen, als sie tränenüberströmt vom Basar zurückgekehrt war, hoch und heilig geschworen, erst im Sarg wieder die Schwelle des Hauses zu überqueren. Wie man sich denken kann, war der Metzgerssohn der Grund für diese Entscheidung. Mit gesenktem Blick hatte er sie gefragt, wann sie sich denn endlich dort oben einsperren lasse. Sein Kopf ging kurz in Richtung auf das verlassene Gefängnis.

»Was soll ich denn dort?« stammelte das Mädchen. Sie sollte sich im Festungsgefängnis einkerkern lassen, damit er, ihr Verehrer, kommen und sie befreien konnte. Konnte es eine schönere Art geben, die Seine zu werden? Er war schon ganz ungeduldig. Die Haken waren bereits geschärft, mit deren Hilfe er die steilen Burgmauern erklimmen wollte, und auch die Säge für das Fenstergitter hatte er schon bereitgelegt. Am Ende würde sie in seine ausgestreckten Arme sinken, während der Wind mit ihrem blonden Haar spielte.

»Ich habe kein blondes Haar«, unterbrach ihn Selvia. Sie war ganz hingerissen von seiner Geschichte.

»Macht nichts«, antwortete der Junge. »Es wird schon blond werden, während du dort drinnen auf mich wartest.«

Selvia glaubte es ihm sofort.

Immer wieder würde er sich über ihr leicht gerötetes Antlitz beugen und sanft ihre brennenden Lippen küssen. Sie würde seinen Körper liebkosen, stolz und heftig verliebt, wie alle unter höchster Gefahr entführten Prinzessinnen. Dann würden sie mitten durch die Stadt spazieren, würdevoll den neidischen Blicken der anderen begegnend. Bei ihm zu Hause würden sie dann eine Woche lang das Zimmer nicht mehr verlassen und sich die ganze Zeit der Liebe hingeben, ohne Hunger und Durst zu spüren. Bis sie merkten, wie ihnen die Kräfte schwanden und ihre Körper dahinschmolzen. Dann … Hier hielt er ein, als sei ihm eben etwas furchtbar Wichtiges eingefallen, und hüllte sich in das Schweigen eines Menschen, der um die richtigen Worte ringt. Selvia warf ihm einen flehentlichen Blick zu. Wie konnte sie ihm nur auf die Sprünge helfen?

»Bist du überhaupt noch Jungfrau?« fragte er.

»Aber sicher«, fuhr sie auf.

»Ausgezeichnet«, war er beruhigt. »Für mich spielt es ja keine Rolle. Aber man muß Rücksicht auf die bösen Mäuler nehmen.«

»Warum? Was sagen die?« Panik lag in der Stimme des Mädchens.

»Laß nur. Es ist besser, du weißt es nicht.«

»Ich möchte es aber wissen? Warum soll ich es denn nicht wissen?«

»Na ja, du hast häufig deinen Vater besucht, wenn er Nachtschicht hatte.«

»Stimmt, einmal war ich da. Ich habe ihm das Abendessen gebracht.«

»Das Abendessen, sagst du? Ich glaube dir. Aber die bösen Mäuler sagen etwas anderes.«

»Warum? Was sagen sie denn?«

»Ach, mein Schatz, es ist schrecklich! Besser, du weißt es nicht«, wiederholte er, damit das Mädchen weiter in ihn dringe.

»Und wenn es noch so schrecklich ist, ich möchte es trotzdem wissen.«

Der Junge holte tief Luft.

»Dir geben sie keine Schuld. Sie behaupten, daß dein Vater in diesen Nächten übergeschnappt ist. Und es mit dir gemacht hat.«

»Nein!« schrie Selvia auf. »Das ist doch überhaupt nicht wahr!« Sie wollte hinzusetzen, ihr Vater sei ein ehrenwerter Mann, aber irgendwie brachte sie es nicht über die Lippen. »Ich bin noch Jungfrau«, wiederholte sie. »Du wirst schon sehen.«

»Ich werde es sehen, jawohl ...«, sprach der Metzgerssohn. Sein Blick, den er bis dahin gesenkt gehalten hatte, richtete sich nun voll auf Selvias Gesicht. Sie entdeckte in seinen Augen ein Glitzern wie von Sonnenlicht auf bewegtem Wasser. Ihr Gehirn verweigerte jeden Gedanken. Ihre Knie verweigerten jeden Schritt. Nur ihre Brust wollte fast platzen vom Aufschrei ihrer Seele. Sie erinnerte sich nicht mehr an seine Worte. Ihr Verehrer drang weiter in sie, nicht länger zu warten, damit die geschärften Haken und die Säge keinen Rost ansetzten. Sie müsse sofort aufbrechen und sich im verlassenen Gefängnis ihres Vaters einsperren, sonst ...

»Was sonst?« brachte Selvia schließlich heraus.

»Sonst können wir nie beweisen, daß du noch Jungfrau bist«, antwortete der Metzgersjunge tiefernst.

Und dann geschah, wovor Selvia so schreckliche Angst gehabt hatte: es brach aus ihm heraus. Das Gelächter trieb ihm das Blut so heftig durch die Adern, daß sein Hals, sein Kinn und das ganze breite, flachgedrückte Gesicht feuerrot anliefen. Auch Selvia brach aus, in Tränen. Sie brachte nur ein einziges Wort zustande: »Warum?«

XVI

Sania wußte nicht, daß Hyqmet auch diesmal nicht entgangen war, was seine Tochter über den Metzgerssohn zu berichten gehabt hatte. Immerhin nahm sie den veränderten, nun etwas grünlichen Ton seines Gesichtes wahr, als sie ihm wenig später den Kaffee brachte. Es sah aus, als sei ein frischgebrautes Gift aus wilden Kräutern auf seiner Haut verstrichen worden. Instinktiv erwartete sie eine Erklärung von ihm. Umsonst. Aber sie konnte das Zimmer einfach nicht verlassen, ohne sich noch einmal nach diesen verdammten Steinen zu erkundigen, von denen die ganze Stadt redete. So sagte sie, ohne mit einer Antwort zu rechnen:

»Grabsteine sollen sie sein für alle, die sich nicht um ihre eigenen Angelegenheiten kümmern können!«

Ihre Stimme klang flehentlich. Sein Kopf lag wie tot auf dem zerdrückten Kissen. Nur seine Augen bewegten sich schwach. Mit einem ungeheuer trägen Lüpfen der Augenlider bedeutete er seiner Frau, den Raum zu verlassen. Sie begriff, daß jedes Insistieren nutzlos war.

Bevor sie sachte die Tür zuzog, warf Sania ihrem Gatten noch einen gleichermaßen grimmigen wie mitfühlenden Blick zu. Der Kontakt zu ihm war abgerissen. Der Wunsch ihrer Tochter, ihm einen vergifteten Kuß zu verabreichen, kam ihr nicht mehr so abwegig vor. Ihr Mann war ihr fremd geworden. Sania empfand eine seltsame Erleichterung. Sie setzte sich im großen Zimmer an den Kamin und hielt gleichmütig über ihren Gatten Gericht, während sie geistesabwesend in der Glut stocherte. Es war, als sei er nicht mehr als ein flüchtiger Bekannter, an den man sich nur wegen einer ungewöhnlichen, gar absonderlichen Tat erinnert. Sania wußte mittlerweile, daß Hyqmet, der dienstälteste Aufseher des politischen Gefängnisses der Stadt, in der Nacht des Ausbruchs im Dienst gewesen war. Die Geflüchteten hatten sich in die Berge abgesetzt und sechs Wärter mitgenommen, die alle nach Lebens- und Dienstalter jünger gewesen waren als Hyqmet. Gefesselt. Man hielt ihnen noch nicht einmal ihre Untaten vor. Schließlich wußten die Angeklagten darüber wahrscheinlich besser Bescheid als ihre Richter. Das war auch die Antwort auf die Unschuldsbeteuerungen der Wärter gewesen. In dem Vorgang manifestierte sich ein ganz neuartiges Verhältnis zwischen Ankläger und Angeklagtem, das Hyqmet Hidi, der mutterseelenallein in dem düsteren Bau zurückgeblieben war, gefiel. Noch nie im Leben hatte er seinen Arbeitsplatz so still erlebt, außerdem war er noch verwirrt von der Entschlossenheit, mit der sich die Gefangenen ihre Freiheit verschafft hatten. Das Gefängnis kam ihm vor wie ein Grab, und dieser Eindruck wurde noch durch das trübe Morgenlicht verstärkt, das sich durch die kleinen Zellenfenster hereinzwängte. Geraume Zeit versuchte er sich zu erinnern, wann und wie er gestorben war, wer ihn betrauert und wer sich gefreut hatte, doch vergebens. Ach, du Dummkopf, komm zu dir! schalt er sich selbst. Wie kann sich ein Toter an etwas erinnern?! Dann sagte ihm eine innere Stimme, daß an diesem Punkt ein neues Leben begann, sein zweites Leben, in dem alles anders war, unvergleichbar anders als im irdischen Leben. Er hatte kein Heim mehr, keinen Besitz. Alles mußte neu erschaffen werden. Naturgemäß war mit dem Bau eines Hauses zu beginnen. Er war ruhig und gelassen. In seinem früheren Leben hatte er viele Fehler gemacht. Sie würden sich nicht wiederholen.

Schwungvoll erhob er sich und versetzte der Tür einen heftigen Schulterstoß. Das Tageslicht, das sich hinter den Flügeln gestaut hatte, schwappte ihm ins Gesicht und blendete ihn. Blindlings stürzte er hinaus, griff sich zwei große Steine aus den Trümmern der Festungsmauer und rannte mit ihnen hinein. Als er dann heftig atmend in dem langen Korridor stand, wußte er nicht mehr, zu was er die Steine brauchte. Fast hätte er sie nach draußen zurückgeschleppt.

Doch die innere Stimme meldete sich wieder:

Sei kein Narr! Das sind keine Steine, sondern bösartige Gefangene, die sich für Steine ausgeben, um leichter fliehen zu können. Mach schnell, im Hof sind noch andere.

Hyqmet Hidi wartete nicht länger. Er warf die Steine in die erste Zelle und verschloß die Tür. Dann ging es weiter zur zweiten, zur dritten … bis zur letzten Zelle, ehe er befreit aufatmete und sich auf seinem üblichen Platz niederließ. Er war so erschöpft, daß er sofort in einen tiefen, traumbeladenen Schlaf versank. Als er daraus erwachte, war sein Gehirn wieder klar, und das Groteske seines Handelns wurde ihm bewußt. Doch nun ließ es sich nicht mehr verheimlichen.

XVII

Ein heftiges Pochen an der Haustür riß Sania aus ihren Gedanken. Sie hatte keine Lust aufzustehen. So rief sie ihre Tochter, damit sie aufmachte. Selvia antwortete nicht. Das Klopfen wurde ungeduldiger. Zerhackt von den groben Schlägen seines Spazierstocks, erklang Hafiz Paschas Stimme:

»Junge Frau, haben sie dir die Beine oder die Ohren abgeschnitten?«

Sania stieß einen leisen Fluch aus. Sie ließ den Pascha in den Vorraum, wo sie ihm kalt mitteilte, Hyqmet schlafe. Hafiz Pascha war endgültig der Meinung, daß es reichte. Er war nun schon zum dritten Mal an diesem Morgen hier, und Hyqmet geruhte immer noch nicht, sich zu rühren.

»Hat er sich schon für die Ewigkeit schlafen gelegt? Oder hast du ihm womöglich Gift ins Ohr geträufelt?«

»Du hast eine spitze Zunge, wenn du dich ärgerst, Pascha«, gab Sania lachend zurück.

»Nein, aber so ist das nun einmal«, fuhr der Pascha etwas besänftigt fort. »Mach die Tür zu, los! Oder willst du mich schon wieder hinauskomplimentieren?«

Auf seinen Spazierstock gestützt, dessen Knauf von der Berührung und dem Schweiß vieler Jahre abgenutzt war, gab der Pascha in raschen Worten wieder, was man sich in der Stadt über Hyqmet erzählte. Hafiz Pascha war schwer erzürnt über diesen Pöbelhaufen, der sich das Maul über den Tapfersten, Edelsten und Aufrechtesten unter allen

Männern zerriß, anstatt die eigenen löchrigen Hosen zu flicken. Er als alter Soldat hätte Hyqmet die höchste Auszeichnung verliehen, denn dieser hatte unter Beweis gestellt, daß ihn nicht Geld, sondern Pflichtgefühl auf seinem Posten hielt.

»Du begreifst, wie wichtig das in der Armee ist!«

Schließlich hätte er ja Fersengeld geben, untertauchen, sich zu Hause oder anderswo verkriechen können. Aber er tat es nicht, sondern hielt sich an seine Dienstvorschriften, die es ihm unter keinen Umständen gestatteten, den Ort seiner Pflicht zu verlassen. Sonst war man ein Deserteur, und in der Armee teilte ein Deserteur das Schicksal eines Hundes, der seinen eigenen Herrn beißt. Er sprach mit unerträglichem Ernst.

»Was hatte Hyqmet denn noch zu bewachen? Steine!« versuchte sie ihn ein wenig zu bremsen.

»O nein, junge Frau, o nein, so ist das nicht! Wenn man einem Soldaten befiehlt, seinen eigenen Schatten zu bewachen, dann hat er das zu tun. Verstehst du? Dafür ist er Soldat. Ach, wenn es doch nur Soldaten auf der Welt gäbe! Dann würden andere Saiten aufgezogen. Dann würde ein blöder Mala nicht ehrlichen Männern lächerliche Spitznamen anhängen, während die anderen auch noch schamlos feixen, anstatt ihm einen auf den Rüssel zu geben.«

»Wenn es dann noch ehrliche Männer gäbe?« Sania konnte sich selbst nicht erklären, wieso ihr die Bemerkung herausgerutscht war.

Hafiz Pascha ging hoch, als sei ihm einer auf die Hühneraugen getreten:

»So nicht, junge Frau, so nicht! Das ist die Sprache des Feindes.« Seine krummen Schultern begannen zu zittern, und Sania taten ihre Worte schon wieder leid. Doch viel Zeit zur Reue ließ ihr der Pascha nicht. Zähneknirschend fuhr er sie an: »Wenn du meine Frau wärest, ich würde dir den Hals herumdrehen.« Er schwieg einen Moment, um dann in wenig liebenswürdigem Ton fortzufahren: »Die armen Soldaten! Da schlagen die Weiber über die Stränge und haben ein loses Maul, weil ihre Männer nicht dauernd da sind, um sie in den Senkel zu stellen.«

»Ach so ist das, Herrschaft, deshalb hast du dir keine genommen!« gab Sania zurück, die nun auch keine Gnade mehr kannte. »Es gibt ja ein paar Leute, die behaupten, daß unser Pascha bloß deshalb Junggeselle geblieben ist, weil er seinem alten Harem nachtrauert...«

Durch Nase und Mund schnaubte Hafiz Pascha einen Haufen unverständlicher Worte hervor. Er war drauf und dran, seinen Spazierstock zu erheben, überlegte es sich dann aber anders. Schroff wandte er sich zur Tür und bellte:

»Armer Hyqmet! Unglücklicher Hyqmet! Wenn ihn die eigene Frau nicht leiden kann, wie sollen ihn da die Leute mögen?! Und den einzigen, der sich noch um ihn kümmert, läßt er vor der Tür stehen. Das tut weh!« Der Pascha schlug sich mit der Faust gegen die Brust. Dann drehte er sich noch einmal wütend zu Sania um, die ihm spöttisch nachlächelte. »Ich komme wieder, er braucht mich nämlich. Es ist meine Pflicht, ihm den Rücken zu stärken.« Und verschwand.

Sania stand regungslos im Hof, bis das eilige Tacken des Spazierstocks auf dem Pflaster der Straße zu Hakis Kaffeehaus verklungen war.

XVIII

Das spöttische Lächeln lag wie eine Maske auf Sanias Gesicht. Die erste, der ihr Spott weh tat, war sie selbst. Wie sehr sie sich plötzlich verändert hatte! Bisher war sie zu solchen Regungen nicht fähig gewesen.

Sie nahm wieder am Kamin Platz, griff automatisch zum Schürhaken und fuhr fort, in der Glut zu stochern. Ab und zu zerplatzte ein Stück glühender Holzkohle, und es entstand ein Regen dicker Funken, die wirbelnd verglommen. Sania war, als wehrten sie sich in zuckender Qual gegen das Verlöschen, den Tod.

Sania saß da wie in einem Wachtraum und versuchte selbstverloren zu ergründen, weshalb sie sich plötzlich so verändert, wer sie in ein Stück taubes Holz verzaubert hatte, war es Gottes Strafe oder das Werk bösartiger Feinde, und sie fühlte sich dabei widerlich und schlecht. Eine Antwort auf ihre quälenden Fragen fand sie nicht. Sie war keine richtige Ehefrau mehr, denn eine Ehefrau teilt das Schicksal ihres Mannes in guten wie in schlechten Zeiten, während für sie das Schicksal ihres Mannes nur noch ein Märchen war, an dem sie sich ergötzte wie der ganze Rest der Stadt.

Auch eine richtige Mutter war sie nicht mehr. Drüben im Nebenzimmer weinte Selvia in ihr Kopfkissen und schwor allen Ernstes, sich umzubringen. Und sie, die Selvia geboren hatte ... Sania wollte fast der Kopf zerspringen. Doch allmählich löste sich die maskenhafte Starre ihres Gesichts, und ihr war, als schnappten Augen, Stirn und Wangen gierig nach Luft. Leben kehrte in sie zurück. Sie mußte zu beiden hin, vor ihnen auf die Knie fallen und sie beschwören, sich doch nicht so gehen zu lassen, schließlich konnten sie gut für sich selber sorgen und brauchten sich nicht an die anderen Leute zu hängen.

Sie war schon auf dem Weg in Hyqmets Zimmer, als sie an die schroffe Geste dachte, mit der er sie vertrieben hatte. Hyqmet brauchte sie überhaupt nicht, das begriff sie nun. Sie blieb stehen. Als seine Ehefrau seit einem halben Leben fühlte sie sich gedemütigt. Dieses Gefühl hatte sie schon die ganze Zeit gequält, aber im Unterbewußtsein, ohne so klare Form anzunehmen wie jetzt. Sie freute sich, daß sie endlich hinter den Grund der Entfremdung von ihrem Mann gekommen war, und aller ungewollte und unnatürliche Hochmut fiel von ihr ab. Sie vergaß die Tochter wieder, aber nun auf andere Art, nicht mehr aus Gleichgültigkeit.

Zum ersten Mal in all diesen Tagen hatte sie das Bedürfnis zu weinen. Und sie weinte. Dicke Tränen kullerten über ihre geröteten Wangen, und eine angenehme Wärme breitete sich in ihrem Körper aus.

XIX

Zur gleichen Zeit saß der Journalist an seinem Schreibtisch und machte sich in seinem Heft eine Notiz, daß er morgen, am vierten Tag nach dem Gefängnisausbruch, unbedingt Hyqmet samt Frau und Tochter besuchen mußte, um aus ihrem Munde zu erfahren, was sie von den Ereignissen hielten. Das war nötig, um sich ein vollständigeres Bild von der Psychologie und dem Charakter jedes einzelnen von ihnen und aller zusammen in ihrem bisherigen Verhältnis zueinander zu verschaffen. Er unterstrich die Worte IN IHREM BISHERIGEN VERHÄLTNIS ZUEINANDER. Dies sollte ihm helfen, sein Sujet in einer konkreten, für die Masse der Leser erfaßbaren Umgebung anzusiedeln. Die Protagonisten sollten eine Biographie haben, auf der ihre literarische Entwicklung logisch aufbaute. Danach würde er sich dann den Veränderungen in ihrer Pyschologie aufgrund der jüngsten Ereignisse widmen, die Auswirkungen hauptsächlich auf die Beziehungen der drei untereinander gehabt hatten. Er unterstrich die Worte IHRE AKTUELLEN BEZIEHUNGEN. Dann gefiel ihm das Wort AKTUELL nicht mehr, und er strich es durch. Das war zu journalistisch. Das heißt, für Kunstprosa nicht geeignet. Besser wäre: NEUEN BEZIEHUNGEN. Er war stolz auf seine fundierten Kenntnisse der Ästhetik des Romans.

Langsam blätterte er das bereits zur Hälfte vollgeschriebene Heft durch. Da und dort hielt er ein, las etwas durch und blätterte dann mit einem zufriedenen Lächeln weiter.

Ohne ein besonderes System waren dort Fragmente von Gesprächen festgehalten, die er belauscht hatte. Sie stellten das Gerüst des mehrkapiteligen Romans dar.

Vor lauter Lust, so rasch wie möglich mit der Niederschrift zu beginnen, verfiel er in eine Art Ekstase, die seine Realitätswahrnehmung ins Magische veränderte. Er war fest davon überzeugt, daß sich noch nie zuvor in der Geschichte der Literatur ein so bedeutendes Werk wie sein Roman so rasch zu seiner endgültigen Form verdichtet hatte. Insbesondere Hyqmets zweiundsiebzigstündiger Schlaf paßte ihm gut ins Konzept. Ali Qyfyrja hatte sich folgendermaßen dazu geäußert: Er ist ihm vom lieben Gott geschenkt worden, der seinem Schmerzenssohn die Qual ersparen wollte, sich unter uns gewöhnlichen Menschen aufhalten zu müssen, die sich um die Bewahrung der Fundamente des Staates keine so großen Gedanken machen. Nein, ein edler Mann wie Hyqmet Hidi konnte es nicht ertragen, sich in die Niederungen dieser schmutzigen Welt herabzubegeben, nicht einmal für ein paar Tage. Bis die Deutschen kamen, die schon unterwegs waren, wie es hieß, oder die Kommunisten beschlossen, aus den Bergen herabzusteigen, um die Macht zu ergreifen, war Hyqmet Hidi tiefer Schlaf vergönnt.

Ich muß ihn nach seinen Träumen fragen, dachte der Journalist begeistert. Er konnte sich selber gar nicht genug zu dem Scharfblick gratulieren, mit dem er die schwerer zugänglichen, aber dafür um so interessanteren Seiten des Sujets herausfand. Die Träume eines auf eine derart tiefe Erschütterung folgenden langen Schlafes mußten gleichermaßen poetisch wie dramatisch sein, und zwar bis zur Phantasmagorie. Ein wirklich ungewöhnlicher literarischer Gegenstand. Ach, ach! Seine Begeisterung wuchs. Hätte da nicht selbst Freud begeistert zugegriffen, als er sein Werk über die Träume schrieb. Ach! Ach!

Die Frage nach den Träumen jenes zweiundsiebzigstündigen Schlafes sollte die letzte Frage sein, die er sich in seinem Leben stellte.

XX

Gleich am Morgen konnte Sania feststellen, daß sich Hyqmets Stimmung etwas aufgehellt hatte. Mit aufrichtiger Freude nahm sie seinen Wunsch nach einem Kaffee entgegen. Entgegen seinen sonstigen Gewohnheiten wollte er ihn ohne Zucker haben. Allerdings war Sania unfähig, diese Veränderung wahrzunehmen. Wie erstarrt stand sie vor ihm. Hyqmet tat nämlich etwas, was Sania gar nicht mehr zu hoffen gewagt hatte: er lächelte. Die beiden Fenster, durch die sich das noch unverschmutzte Licht des jungen Tages nur zögerlich ins Zimmer traute, schwankten ein wenig. Dann fingen sie an, sich zu drehen, und rissen einen Luftwirbel herein, der Hyqmets ganzen Körper erfaßte. Nur sein Lächeln blieb draußen, ungreifbar wie das Spiegelbild des Mondes auf dem Wasser.

»Selvia!« Sie hoffte zu schreien. Doch nur ein ersticktes

Flüstern kam über ihre Lippen. Kreidebleich tastete Sania nach einem Halt. Sie befand sich nun im Zentrum des Wirbels.

Aus dem Nebenraum kam keine Antwort.

Sania konnte einen zweiten Aufschrei nicht zurückhalten. Es klang, als dringe ein Schwall scharfer Laute durch einen dünnen Vorhang aus Stahl.

»Selvia!«

Die tobsüchtigen Fenster erschraken. Sie beendeten ihre schwindelerregende Rotation und kehrten an ihren alten Platz zurück. Das Licht, dem für einige Zeit der Zugang versperrt gewesen war, strömte wieder friedvoll und ruhig durch die Scheiben ins Zimmer, wo die wildgewordenen Dinge seiner dringend bedurften.

»Was willst du von dem Mädchen?« sprach Hyqmet sie freundlich an.

Das Lächeln umsäumte seine Lippen wie ein frisches Brandmal. Sania schauderte bei dem Vergleich.

Gleich darauf war zu hören, wie sie fast fröhlich von der Tochter verlangte, Kaffee zu mahlen.

»Keine Bohne!« gab Selvia streitsüchtig zurück. »Nicht eine einzige Bohne! Ich fasse diese Mühle nicht an, da könnt ihr beide euch auf den Kopf stellen. Soll er doch die Steine in seinem vermaledeiten Gefängnis mahlen und dann trinken, oder besser noch Gift!«

»Schlange!« erregte sich die Mutter, »Viper! Die Zunge soll dir verdorren! Die Pest soll dich holen! Das Gefängnis hat auch dir Brot gegeben, sonst könntest du deine Nase heute nicht so hoch tragen.« Ihre weiblichen Sinne sagten Sania, daß Hyqmet drüben alles mithörte. Für einen Moment sah sie sein Gesicht vor sich, von dem das Lächeln jäh verschwunden war.

»Puh! Gefängnisbrot!« fauchte das Mädchen. »Mir bleibt nachträglich noch jeder Bissen im Hals stecken, wenn ich bloß daran denke.«

Selvia spürte tatsächlich einen Kloß in ihrer Kehle. Sie schüttelte den Kopf und wackelte mit den Schultern, bis der Kloß langsam nach unten sank und schließlich wie ein Bleigewicht in ihrem Bauch liegenblieb.

Zum ersten Mal in ihrem Leben fragte sie sich, ob sie ihre Eltern Hyqmet und Sania je geliebt hatte, und sie fand keine Antwort darauf. Ob sie mich wohl geliebt haben? überlegte sie weiter. Sie hatte keine Geschwister, und ohne den Vater war es zu Hause noch einsamer. Den größten Teil seiner Zeit hatte er im Gefängnis verbracht. Auch wenn es vielleicht schwer zu verstehen war, aber es hatte sie nie besonders interessiert, was ihr Vater eigentlich tat. Sie hatte sich noch nicht einmal die schlichte Frage gestellt, ob man das Gefängnis überhaupt Arbeit nennen kann.

Als sie an der Kaffeemühle drehte, schimpfte Sania weiter vor sich hin. Selvia hörte nicht zu. Sie war immer noch geschockt von der Erkenntnis, daß sie das Brot, das sie ihr Leben lang gegessen hatte, dem Gefängnis verdankte.

»Das Gefängnis hat mich ernährt«, sagte sie in klagendem Ton. »Puh!« Und der Kloß stieg wieder in ihrer Kehle hoch. Sie wollte den Finger in den Hals stecken, alles erbrechen. Dann sah sie ein, daß dies ein lächerlicher, sinnloser Versuch war. Sie fühlte sich schmutzig, schämte sich für ihren Körper. Alle ihre Nerven, Muskeln und Knochen bestanden aus dem Stoff, aus dem auch das Gefängnis war.

XXI

Hyqmet hörte das verzweifelte Jammern seiner Tochter. Seine Hand, die zitternd nach der Zigarettenschachtel tastete, stockte. Vom Hoftor her ließen sich drei kräftige Schläge vernehmen, und dazu Hafiz Paschas feucht verquollene Stimme:

»Mit welchem Fuß soll ich heute eintreten, junge Frau? Oh, daß es je dazu kommen mußte! An der Tür eines Freundes rufe ich seine Frau, obwohl er selbst noch lebt! O Gott!«

Im Nu war Hyqmet auf den Beinen. Er mußte hinaus, den Gast empfangen. Die Katze, die ihrem Herrn erschreckt nachlief, geriet zwischen die Beine der gleichfalls rennenden Sania. Sie bedachte das unschuldige Tier mit einem bösen Fluch. Hafiz Pascha bezog ihn auf sich und explodierte:

»Willst du wohl still sein, Vogelscheuche! So alt, und immer noch kein Verstand! Ich bin nicht wegen dir hier, das weißt du.«

Das Blut schoß ihr in die Wangen, doch sie verkniff sich eine Antwort und ging zurück ins Kaminzimmer, wo die kreidebleiche Selvia saß, das Kinn in die Hand gestützt, was Sania zeigte, daß sie sich ein wenig beruhigt hatte. Ein Glück! dachte sie und streifte das Mädchen mit einem unbestimmten Blick. Ein Glück! dachte sie noch einmal.

»Oho, oho!« Hafiz Paschas Ton änderte sich schlagartig. Sein Zorn verflog und machte freudiger Überraschung Platz. »Oho, oho! Mir wird ganz anders! Wie damals, als ich Doktor Adhamudhin begegnet bin, den ich für tot gehalten hatte. Ich erzählte ihm, was die ganze Stadt, alt und jung, über ihn redete. Und der selige Doktor, denn mittlerweile ist er ja wirklich von uns gegangen und seine Seele wandelt hoffentlich im Paradies, also der Doktor fuchtelte mit dem Finger vor meinem Gesicht herum und sagte: Ich war schon tot, aber das schmutzige Gerede hat mich wieder aus dem Grab geholt. Ich weiß nun, wer meine Freunde sind und wer meine Feinde, sagte er und fuchtelte mir wieder vor dem Gesicht herum mit seinem dünnen Finger, der ganz braun war vom Tabak, denn er nahm ja die Zigarette Tag und Nacht nicht aus dem Mund. Deshalb hat die Erde mich nicht behalten. Ich bin wiedergekommen, um sie mir alle noch einmal vorzuknöpfen. Sie sollen ruhig sehen, wie es ist, wenn man durchschaut wird bis auf die Därme. Wenn sie mich jetzt sehen, zucken sie zusammen, als seien sie dem Leibhaftigen persönlich begegnet. Scherze nicht mit dem Tod, sagte ich zu ihm, das bringt nicht nur dir Unglück, sondern auch denen, die guten Willens sind. Das kann der Mensch gar nicht, mit dem Tod scherzen, erwiderte er. Der Tod ist es, der mit dem Menschen sein Spiel treibt. Und was die Gutwilligen angeht, so nimm sie besser gar nicht in den Mund, die armen Wichte. Diese Welt ist nicht die ihre. Sie sind bloß ein Tröpfchen süßes Wasser im Meer der Böswilligen. Was sie auch tun, schon morgen oder übermorgen sind sie so verdorben wie die anderen.«

»Ich konnte ihn nicht um alle Welt davon überzeugen, daß das nicht stimmt«, fuhr Hafiz Pascha fort. »Ich habe es selber erlebt, beharrte der Doktor, du brauchst mir da gar nichts zu erzählen. Der arme Adhamudhin, heilte die Leute, aber nach seiner eigenen Gesundheit durfte man ihn nicht fragen. Auch dich frage ich nicht, wie es dir geht.«

»Es ist auch besser, wenn du mich nicht fragst«, sprach Hyqmet zum ersten Mal. Und rief zu seiner Frau im anderen Zimmer hinüber: »Mach dem Pascha auch einen Kaffee!«

»Du weißt, ich trinke nur heißes Scherbett. Ich mag nichts Bitteres, bitter bin ich selber«, nutzte der Pascha die Gelegenheit zu einem Scherz, über den er selbst am meisten lachen mußte. »Ein Mann ist ein Mann, ob es nun eine Regierung gibt oder nicht«, prahlte er dann so kindlich, daß es gar nicht zu ihm passen wollte. »Warum habe ich diesem Irren vom Basar, diesem Mala, bloß nicht den Kopf abgeschnitten?! Er läßt mich nicht in Frieden. Kaum lasse ich mich in Hakis Kaffeehaus sehen, fängt er an, jetzt ist es aus mit der Diktatur, jetzt ist es aus mit der Politik, jetzt ist es aus mit den Gefängnissen, jetzt ist es aus mit diesem, jetzt ist es aus mit jenem. Tausend Schmutzigkeiten, die mein Blut zum Sieden bringen. Bei Allah, ich weiß gar nicht, wie ich das alles ertragen habe, ohne ihm das bißchen Gehirn aus dem Schädel zu prügeln. Ich weiß, ich mache mich zum Gespött, aber ...« Des Paschas Stimme stockte für einen Moment. »Er hat auch über dich geredet«, sprach er dann zögernd weiter, unschlüssig, ob er so etwas überhaupt sagen durfte.

Doch Hyqmet verzog keine Miene. Der Pascha war sich trotzdem noch nicht sicher. War des anderen Gleichgültigkeit eher ein gutes oder ein schlechtes Zeichen? Aber er wollte vermeiden, daß eine Pause eintrat. Schweigen brachte einen nur auf böse Gedanken. So fing er hastig an zu berichten, wie am Abend zuvor, es dämmerte bereits, eine Meute Kinder auf den Steuereinnehmer Met Rrepishti gestoßen war, der sich sturzbetrunken auf dem Weg nach Hause befand. Er schwankte und hielt Selbstgespräche.

»So?! Und was sagte er?« Hyqmet wurde etwas munterer.

»Allah allein weiß, ob es wahr ist, aber die Leute sagen, er hat mit sich selbst geschimpft.«

»Mit sich selbst?!« Hyqmet schürzte verwundert die Lippen und schüttelte den Kopf. »Und wie?«

Zufrieden damit, daß er endlich des Freundes Interesse gefunden hatte, fuhr Hafiz Pascha fort:

»Ein Maulwurf warst du dein Leben lang, schalt er sich. Schlimmer als ein Maulwurf. Mit der einen Hand den Hungerleidern in die Tasche gegriffen, mit der anderen Hand der Regierung. Oben gestohlen und unten gestohlen, das ganze Leben lang.«

Hyqmets zusammengepreßte Lippen wurden rund und stülpten sich nach vorn, als wolle er angewidert ausspucken. Obwohl er keinen Speichel herauskommen sah, spürte Hafiz Pascha eine gewisse Feuchtigkeit in der Luft, und ihm wurde übel.

»Als Met Rrepishti den Haufen feixender Buben hinter sich bemerkte, drehte er sich um und sagte: Ich gebe euch nur einen guten Rat: Werdet nicht Steuereinnehmer! Das ist doch kein Beruf. Ruckzuck ist die Regierung weg, und du guckst in die Röhre. Eben warst du noch ein Mensch, und eine Sekunde später bist du ein blutsaugender Vampir. Deine Seele gehört ja weder dem Teufel noch dem lieben Gott. Deine Seele gehört der Regierung. Und nicht nur deiner Regierung. Allen Regierungen auf der Welt. So ist es nämlich in der Wirtschaft. Und die Steuern sind das Herz der Wirtschaft des Staates. Hört auf mich und werdet nicht Steuereinnehmer. Was sollen wir dann werden? fragte einer der Buben. Der Steuereinnehmer dachte einen Moment nach. Dann sagte er: Werdet ein Hackenstiel! Regierungen kommen und gehen, ein Hackenstiel bleibt ein Hackenstiel.«

Hafiz Paschas und Hyqmets Blicke trafen sich. Hafiz Pascha wurde unruhig. Er überlegte, ob es nicht noch eine andere spannende, aber etwas kürzere Neuigkeit gab, mit der er Hyqmet aufwecken und das ersehnte Leben in seine Augen zurückbringen konnte.

»Es gibt in der ganzen Stadt keinen Gendarmen mehr«, sagte er. »Alle sind wie vom Erdboden verschluckt. Es heißt, die Kommunisten sind hinter ihnen her, um über sie Gericht zu halten.«

»Was bringt das schon, Gericht halten?« unterbrach ihn Hyqmet. »Es gibt sowieso keine Gefängnisse mehr, das weiß jeder.«

»Die brauchen keine Gefängnisse. Entweder sie lassen einen laufen, oder sie erschießen ihn auf der Stelle.«

Hafiz Pascha forschte wieder im Blick des anderen und war erleichtert. Hyqmets Augen waren wieder klarer geworden. So begann er zu berichten, wie er gestern zum Gefängnis hinaufgegangen war, spät in der Nacht, um den lüsternen Blicken der Leute zu entgehen. Er hatte nachschauen wollen, ob sich dort oben jemand herumtrieb.

»Ich konnte es mir einfach nicht verkneifen«, sagte er schuldbewußt.

Hyqmet verzog zum ersten Mal seine Lippen zu einem Lächeln. Der Pascha faßte Mut und fuhr fort:

»Dieses Volk läßt ja auch die Steine nicht im Gefängnis. Was für ein Pöbel! Er will keine Gefängnisse mehr sehen. Allah! O Allah!«

In diesem Moment betrat Sania mit einem Tablett das Zimmer, auf dem eine Kaffeetasse und ein Glas Scherbett standen.

»Was ist das bloß für eine Geschichte mit diesen Steinen? Kommt wie aus heiterem Himmel und liegt uns im Magen wie Blei!«

Beide Männer wandten ihr gleichzeitig die Köpfe zu.

Hyqmet brach urplötzlich in ein heftiges gurgelndes Gelächter aus, wie sie es bei ihm noch nie erlebt hatte. Jetzt ist er vollends übergeschnappt, dachte sie, aus, vorbei. Schmerz bohrte sich in ihren Schädel.

Ohne mit Lachen aufzuhören, gab ihr Hyqmet mit dem Finger ein Zeichen. Ihr fiel ein, daß sie ja noch immer das Tablett hielt. Aus der Tasse und dem Glas dampfte es schwach, und durch das epileptische Zittern ihrer Hände vermischte sich der weißlich tanzende Dampf. Sania servierte rasch die Getränke und verschwand, sich auf die Lippe beißend, überstürzt nach hinten, ohne eine Antwort abzuwarten.

Hyqmets Gelächter prallte wie ein tobender Falke gegen die Wände und Fenster des Zimmers, ehe es am warmen Rand der Kaffeetasse erstarb. Die absolute Stille, die nun eintrat, gab dem Wahnsinn nur noch schärfere Kontur. Abermals ertrug Hafiz Pascha das tiefe Schweigen nicht, das wie Blut in der zähen Masse des Lichts zerrann. So hob er wieder an zu reden.

XXII

Als zwei Stunden später der Journalist eintraf, hatten sich die beiden Männer noch nicht vom Fleck gerührt, und immer noch war es Hafiz Pascha, der sprach. Sein Jatagan, den er aus der Scheide gezogen hatte, lag matt glänzend wie ein toter Karpfen auf dem Tisch. Der Ankömmling wurde von den beiden Männern freundlich empfangen, obwohl man sich noch nicht gekannt hatte. Ihre gelöste, fast intime Gastfreundschaft verlieh ihm rasch das nötige Selbstvertrauen.

Hyqmet, dem er gegenübersaß, behandelte ihn mit natürlichem Entgegenkommen. Der Journalist forschte noch eine Weile nach Anzeichen von Verstellung, und als er sie nicht fand, zögerte er nicht länger, auf das Thema zu kommen. Hyqmets Augen schimmerten in einem ungewohnten Licht, das von innen heraus kam.

»Darüber habe ich mich gerade mit dem Pascha unterhalten«, meinte er ruhig.

Der Pascha nickte hochmütig.

Der Journalist maß der Herablassung des Pascha keine Bedeutung bei. Hauptsache, es ging voran. Er fragte sich schrittweise zum Kern des Ereignisses durch. Aus Hyqmets Mund erfuhr er, daß der bis zuletzt gehofft hatte, das Gefängnis werde sich nicht ganz entvölkern. Daß mindestens der Häftling mit dem brandigen Bein zurückbleiben würde. Wie sollte er auch wegkommen. Seine Anwesenheit hätte ausgereicht, für den Wärter wie das Gefängnis.

Hyqmet berichtete ohne Stocken, als liege in seinem Kopf schon alles geordnet bereit. Der Journalist kam nicht mehr dazu, ihn nach seinen Empfindungen zu fragen, als auch der Häftling mit dem brandigen Bein verschwunden und das Gefängnis im eisigen Schweigen von Beton und verrostetem altem Eisen versunken war. Draußen auf der Straße ließ sich nämlich durchdringend Malas rauhe

Stimme vernehmen. Getragen sang er zur Melodie des Gassenhauers »An der Liebe starb das Liebespärchen«:

»Diktatur, o Diktatur,
die Steine drückt, nicht Menschen nur,
vorbei ist deine Zeit auf Erden,
was soll bloß aus dem armen Hyqmet werden?«

Der Journalist wäre ganz gegen seine Natur in lautes Schimpfen ausgebrochen, hätte er nicht bemerkt, wie sich auf Hyqmets Gesicht ein Grinsen breitmachte, als hätte jemand in ihm drinnen den Docht einer Lampe angezündet. Es legte sich wie ein formloser, Kälte verbreitender Schatten über das ganze Zimmer. Der greise Pascha schnaubte leise durch die Nase. Den Journalisten hielt es fast nicht mehr auf seinem Platz. Er hatte sich von seiner Frage soviel für das Verständnis des schrecklichen Traumas versprochen, das Hyqmet dazu getrieben hatte, die verödeten Zellen mit Steinen zu belegen.

»Siehst du?« riß ihn Hyqmets Stimme aus seinen Gedanken. »Du kommst zu spät. Mala war schneller. Hör nur, was für ein schönes Lied er daraus gemacht hat!«

Dem Journalisten entging nicht die eisige Ironie, doch er sagte nichts.

»Sania!« rief Hyqmet seine Frau herbei. »Hole doch diesen fahrenden Sänger herein, er soll eine gute Tasse Kaffee mit uns trinken.«

Kurz darauf saß Mala neben Hafiz Pascha, der nun noch hochnäsiger tat. Die Beine übereinandergeschlagen, den Rücken fest gegen die Stuhllehne gedrückt, musterte er den Ankömmling verächtlich. Dann wandte er sich wieder dem Hausherrn zu, zog den Kopf zwischen die Schultern und wackelte mit dem spitzen Kinn, wie er es stets tat, wenn er verwirrt und unzufrieden war. Doch Hyqmet war offensichtlich frohgemut. Er ließ die Verwirrung seines alten Freundes sogar noch größer werden, als er sich in scherzhaftem Ton an den Schwachsinnigen wandte:

»So, so, Mala, es ist also aus mit der Diktatur?«

»Ja, Herr Hyqmet, Diktatur kaputt, ha, ha!« antwortete der und zeigte mit dem Daumen auf den Boden, wobei er kicherte, als habe ihn jemand gekitzelt, hi, hi, hi!

»Und Gefängnisse gibt es auch nicht mehr, Mala, was?« fuhr Hyqmet ernsthaft fort.

»Ja, Herr Hyqmet. Ach, das Gefängnis …« Er hielt plötzlich inne, kullerte mit den Augen, als sei ihm etwas ganz Bestürzendes eingefallen, und senkte die Stimme: »Das Gefängnis, ha, ha, vielleicht, ich weiß nicht. Woher soll ich das wissen? Ali Qyfyrja redet so, wenn er einen in seinem Barbierladen rasiert …«

»Was willst du denn beim Barbier, Mala, dir wächst doch gar kein Bart, wozu brauchst du dich dann rasieren zu lassen?«

»Kein Bart?! Hi, hi, hi«, kicherte der wieder. »Weißt du, Herr Hyqmet, ich gehe einfach bloß so hin, wegen der Witze.« Er hielt sich die Faust vor den Mund und gackerte noch eine Weile weiter.

Hyqmet sagte noch etwas, das der Journalist nicht verstand. Er überlegte nach einer Möglichkeit, das Gespräch wieder auf das alte Thema zurückzubringen. Draußen auf der Straße ertönten drei laute Pfiffe, die bei keinem der vier Männer im Zimmer irgendeine Reaktion hervorriefen. Mala kicherte immer noch mit der Faust vor dem Mund, Hyqmet und der Pascha schwiegen, während der Journalist nach dem Schlüssel zur Wiedereröffnung des Gesprächs suchte.

Die drei Pfiffe wiederholten sich, und gleich darauf war aus dem Nebenzimmer Selvias Schluchzen zu hören. Sania versuchte sie mit angstvoller Stimme zu beruhigen. Hyqmet ging hinüber und schloß die Zimmertür hinter sich. Wortlos. Hafiz Pascha schickte ihm einen verwunderten Blick hinterher. Als ihm Mala ein ersticktes Hihihi ins Ohr kicherte, fuhr er herum:

»Schamloser Einfaltspinsel! Du kannst ja nichts für deine Blödheit, aber ...«

»Hi, hi, hi!« kicherte ihn Mala wieder an. »Ich bin blöd, du trinkst heißes Scherbett. Jetzt hast du es auch wieder getrunken, da ist ja das Glas. Hi, hi, hi! Das Scherbett, wenn es in deinen Därmen ist, dann gärt es nochmal und wird Schnaps. Der Pascha bricht seine Regeln ...«

Der Pascha schüttelte den Kopf und knirschte mit den Zähnen, wobei er den Journalisten anschaute, als wolle er sagen: »Uns bleibt auch nichts erspart!« Der Journalist saß beklommen da. Hafiz Pascha führte diese Beklemmung gleichfalls auf die Gegenwart des Verrückten zurück, und als der Lebenserfahrenere hielt er es für geboten, ein paar aufmunternde Worte an den anderen zu richten. Doch er kam nicht nicht mehr dazu. In der Tür tauchte der stämmige Körper eines jungen Mannes auf, und dicht dahinter, als ob er ihn schiebe, Hyqmet. Vom anderen Zimmer her ertönten immer noch das Schluchzen des Mädchens und Sanias beruhigendes Flüstern, das nun allerdings schärfer klang. Das breite und flachgedrückte Gesicht des Burschen füllte das Zimmer mit Blässe.

»Setz dich dorthin!« erklärte ihm Hyqmet ruhig, aber entschieden, wobei er auf den Platz neben Mala wies. »Ich möchte dich mir gegenüber haben.« Dann wandte er sich mit der gleichen Ruhe und einem kaum merklichen Lächeln an die anderen: »Der hier ist mein künftiger Schwiegersohn. Er ist Metzgerssohn, er kennt das Leben.«

Der Junge ließ den Kopf noch tiefer sinken.

»Er ist ein bißchen schüchtern, mein Schwiegersohn. Aber das verliert sich schnell«, sprach Hyqmet weiter.

XXIII

Der Journalist bemerkte, daß flammende Röte das blasse Gesicht des Metzgersjungen überschwemmte. Schweiß sammelte sich auf seiner Stirn und auf dem Kinn. Hafiz Pascha sah ihn nicht einmal an. Schwer saß er da, und für jemand, der ihn kannte, bekundeten die steilen Falten über den herabgezogenen Mundwinkeln, in welchem Maße er sich durch dieses merkwürdige Verhalten beleidigt fühlte. Hyqmet indessen schien die Verstimmung des Freundes nicht wahrzunehmen. Der Journalist schwankte zwischen dem Eindruck, daß er zur Unzeit gekommen war, und dem entgegengesetzten Gefühl: Versammelten sich hier nicht auf wunderbare Weise von selbst alle wesentlichen Protagonisten seines Romanes, die er von sich aus auch unter größten Anstrengungen kaum je an einen Tisch gebracht hätte.

»Du, Herr Zeitungsschreiber, hast also vor, ein Buch zu verfassen!« sagte Hyqmet.

Der Journalist vermochte aus diesen Worten keinen Hintersinn herauszuhören. Doch das machte ihn eher noch unsicherer.

»Ja«, antwortete er mit verhaltener Stimme. »Aber macht nichts, wir können es für heute auch lassen. Ein anderes Mal haben wir vielleicht mehr Zeit, es ist ja auch nicht so eilig«, fuhr er dann etwas lebhafter fort.

»Warum denn, wo wir doch alle schon einmal zusammen sind?«

Der Journalist schwieg.

»Und was brauchst du noch von mir für dein Buch?« Hyqmets Ton war nach wie vor entspannt. Trotzdem fühlte der Journalist, daß sich tief unter der Oberfläche ein Unheil zusammenbraute. Er sah zu Hafiz Pascha hinüber, vergeblich darauf hoffend, daß dieser seine Vorahnung teilte. Der Pascha verharrte in seiner Position gekränkter Eitelkeit und tat, als höre er gar nicht zu. Das ziemlich ungewöhnliche Verhalten des Journalisten schien ihn nicht zu interessieren. Mala der Blöde wiederum schniefte heftig mit der Nase. Das Gelächter, das in ihm tobte, schwappte über die Augen nach draußen, die unentwegt in ihren Höhlen umherkullerten wie blanke Murmeln. Der Metzgersjunge, dessen Namen der Journalist nicht kannte, schien sich etwas gefangen zu haben. Der Journalist sah sich ermutigt, Hyqmet die entscheidende und, wie sich erweisen sollte, fatale Frage zu stellen:

»In der Stadt heißt es, du hättest die ganzen drei Tage lang nur geschlafen. Was hast du geträumt?«

»Stimmt«, sagte Hyqmet. Auf dem transparenten Häutchen seiner Ruhe zeigten sich keine Risse. »Ich will dir meine Träume erzählen. Sie waren wirklich schön.« Und, als habe er auf diese Frage nur gewartet, fuhr er mit der Hand unter den Bezug des Kissens, auf dem er geruht hatte, und zog einen Revolver hervor. Die Falten an Malas beiden Augenwinkeln hoben sich gleichzeitig. Der Metzgerssohn griff sich an die Stirn, während der Journalist von einem merkwürdigen Schwindel befallen wurde, der ihn daran hinderte, die Verblüffung auf Hafiz Paschas Gesicht wahrzunehmen und zu hören, wie Hyqmet erklärte, er habe davon geträumt, seinen Schwiegersohn zu töten. Ein Hochzeitsopfer.

Ein scharfer Knall brachte den Journalisten wieder zu sich. Er erblickte den Metzgerssohn, dessen Kopf auf die Knie gesunken war, und den auf ihn selbst gerichteten Revolverlauf.

»Mein Traum sagte mir, daß ich auch dich töten muß. Sonst wird es nichts mit dem Buch über mich.« Seltsamerweise klang Hyqmets Stimme immer noch ganz normal.

Mala lachte nicht mehr. Sein Gesicht war länger und dünner geworden. Er versuchte etwas zu sagen, doch aus dem bebenden Mund kamen nur ein paar unverständliche Laute.

»Warte«, griff Hafiz Pascha ein, »hör auf!« Er griff nach dem Revolver, doch Hyqmet versetzte ihm mit der linken Hand einen heftigen Stoß. Der Pascha knallte rücklings gegen den Tisch.

Von der Türe aus konnte Sania sehen, wie die funkelnde Klinge des Jatagans auf Hyqmets Schädel niedersauste, während gleichzeitig eine diffuse Flamme aus der Mündung des Revolvers schlug und dem Journalisten keine Zeit zu einer letzten Bemerkung mehr ließ. Mala der Blöde, dessen Mund nun nicht mehr zitterte, stieß einen langgezogenen Klagelaut aus, der in den Worten endete:

»Ach, Herr Hyqmet, warum das, schon wieder mit Diktatur?!« Er kicherte noch einmal, hi, hi, hi, richtete den Blick auf Hyqmets blutüberströmtes Gesicht, dann quollen die Tränen aus seinen Augen.

XXIV

Wieder Diktatur, wiederholte Linda müde des blöden Malas Worte. Sie neidete dem Schwachsinnigen seine Freiheit. Linda spürte einen Stich im Bauch. Ich bin schwanger, dachte sie. Ringsum herrschte nur Leere. Es war niemand da, dem sie es hätte mitteilen können. Es gab keinen, dem sie die Geschichte ihres noch ungeborenen Kindes erzählen konnte. Dabei drängte es sie so danach. Alle sollten wissen, daß sie schwanger war und in neun Monaten ein Kind zur Welt bringen würde. Mit Genehmigung des Ministeriums für innere Angelegenheiten hatte sie eine Nacht mit ihrem Gatten verbracht. Linda wagte es nicht, den Ablauf dieser ehelichen Zusammenkunft mit einem anderen Verb zu benennen. Bedeutung hatte letzten Endes nur, daß ihre Schwangerschaft legal war. Niemand würde sich wundern, wenn ihr Schoß dann einen Stein gebar. Sie spürte schon jetzt, wie er in ihr drückte, und sie akzeptierte dies als ganz normal.

Nicht festhalten, würde Linda den Hebammen zurufen. Direkt aus ihrer Gebärmutter sollte der Stein auf den Fußboden kullern. Doch es würde anders klingen als bei einem Stein. Dann würde er die Treppe der Geburtsklinik hinunter auf den Gehsteig der Hauptstraße holpern, um sich seinen Platz im Leben der Stadt zu suchen. Linda würde ihm folgen, allein, unbelästigt, sicher, denn es konnte nichts Unvorhergesehenes geschehen. Die Suche würde sich hinziehen. Unter den brutalen Fußtritten zufälliger Passanten würde ihr Kind eine der beiden vorbestimmten Richtungen einschlagen: war es die erste, würde aus ihm sogleich der Sohn eines politischen Häftlings werden, war es die zweite, würde es sich allmählich in einen Wärter des Gefängnisses verwandeln, das immer noch und für ewig in der alten Festung untergebracht war. Eine dritte Richtung gab es nicht. Selvia Hidis so verzweifeltes wie vergebliches Bemühen, ihre einzige Tochter Linda an einen Ort zu verheiraten, wo es keine Gefängnisse gab, war Beweis genug, daß es keine dritte Richtung gab.

Lindas Angst als Frau und Mutter war eine andere. Auf das Schicksal ihres Sohnes hatte sie keinen Einfluß. Als Sohn eines politischen Häftlings geboren, würde er zwangsläufig seinen Vater verachten und hassen. Als Wärter würde er ebenso zwangsläufig von seiner Frau und den eigenen Kindern verachtet und gehaßt werden. Die Entscheidung, wem sie die Verachtung und den Haß ersparen sollte, dem Vater oder dem Sohn, fiel Linda nicht leicht. Noch schlimmer: Sie vermochte noch nicht einmal zu klären, ob es für einen Menschen schlimmer war, zu verachten und zu hassen, oder verachtet oder gehaßt zu werden. Es ging hier noch nicht einmal so sehr um ihren eigenen Haß, an dem sich erweisen würde, wer ihr wichtiger war, ihr Mann oder das Kind. An dieser Frage würde es sich für sie selbst entscheiden, ob sie mehr Frau oder mehr Mutter war. War es leichter, die Frau eines verachteten Mannes oder die Mutter eines verachteten Sohnes zu sein? Das waren viele Fragen, und sie wußte auf keine eine Antwort. Besser, er bleibt für immer ein Stein, sagte sie sich. So bleiben ihm die großen Umbrüche im Leben erspart. Ob zwischen den Umfassungsmauern eines Gefängnisses oder drinnen in der Zelle, er wird immer eines sein, ein Stein, dachte sie weiter. Sie mußte an den Rat denken, den der Steuereinnehmer den Kindern auf der Straße gegeben hatte: werdet Hackenstiele!